家长，因出公差到北京，我住在附近，
夜不成寐，食不甘味，无时无刻不在
国运动，一面又提心吊胆，生怕发生什

对温良儒雅的常态，挥舞起拳头时，我
就赶到天安门去，因为我女儿在那儿。
的声援吧，而且一但真的发现军队所
己的孩子。
燃了唤醒中国人民的火炬！当[illegible]
、正义感，人的尊严，不惜牺牲个人的
一起涌了出来，我第一次和同学们[illegible]
和幻想彻底地粉碎了！你背弃了人民[illegible]
天。
队去开枪了，我赶快去找女儿，我[illegible]
被包围了，不能让别人的孩子上前线，[illegible]
真地爬上车的一瞬间，我又后悔了。我
啊，因为她是从我身边出发的啊！当我[illegible]
和那些与她同样年纪的同学们出发[illegible]
[illegible]

[illegible]

我是北京外国语学院法语系一个同学
的家长一样，最近以来真是惶惶不可终
自己的孩子，一面由衷地同情支持他们的
。

19日深夜，当在电视中看到李鹏一反
形势严重了，他们要动手了！于是20日
我和学生的队伍站在一起，也算一种
动乱时"我也好挺身而出"保护一下

我被天安门前悲壮的画面震撼了！这
开机群呼啸而来的时候，热血，热泪，
愤等等，这一切在我的心中早已泯灭的
了愤怒的拳头。对当今政府最后一点

我就站在外语学院的营垒中，站了

21日晚上局势紧急，女儿又要随学
理解家长此刻的复杂心理，我已经不
女儿拉了来，我强作镇静，来送她。
做是否明智？万一出了事，我将来怎
上纠察队的红布条，爬上卡车振臂一
。她好象突然长大了！他们将去迁徙
主圣地的北京。

！我不信上帝，但此刻却在默默地祈

右：熱情而純眞的大學生渴望書本以外的民主自由。（地點／北大校園．攝影／龔鵬程）

下：大學生騎腳踏車遊行，希望「祖國富強」。（地點／北平街道．攝影／楊平）

一位母亲的来信

【编者按】这是一位大学生家长根据他自己在京的见闻写出的一些想法和感受。[illegible]
[illegible]我们不禁泪下。我们感谢家长们对我们的关爱，[illegible]
他们对我们的深切理解！爸爸、妈妈们，请别为我们担心，请别为我们哭泣。为我[illegible]
[illegible]
今天我们只不过要说几句[illegible]话，几句再明了不过的真话，然而我们却要[illegible]
代价！爸爸、妈妈们，我们做的[illegible]就是要让我们自己的孩子将来不再为说几句真话[illegible]
[illegible]！我们出发了！

我是北京外国语学院法语系一个同学的家长，因出公差到北京，我住在附近，[illegible]
有的家长一样，最近以来真是惶惶不可终日，夜不成寐，食不甘味，无时无刻不在[illegible]
自己的孩子，一面由衷地同情、支持他们的爱国运动，一面又提心吊胆，生怕发生什[illegible]
外。

19日深夜，当在电视中看到李鹏一反平时温良儒雅的常态，挥舞起拳头时，我[illegible]
到形势严重了，他们要动手了！于是20日清晨就赶到天安门去，因为我女儿在那儿，[illegible]
想：我和学生的队伍站在一起，也算一种无声的声援吧，而且一但真的发现军队所[illegible]
止骚乱时，我也好挺身而出，保护一下我自己的孩子。

我被天安门前悲壮的场面震撼了！这里点燃了唤醒中国人民的火炬！当海豚式的[illegible]
直升机群呼啸而来的时候，热血，热泪，悲愤，正义感，人的尊严，不愿再被人愚[illegible]
感情等等，这一切在我的心中久已泯灭的东西一起涌了出来。我第一次和同学们一[illegible]
起了愤怒的拳头。对当今政府最后一点点信任和幻想彻底地崩溃了！你背弃了人民！[illegible]

我就站在外语学院的营垒旁，站了整整一天。

21日晚上局势紧急，女儿又要随学校纠察队去丰台了，我赶来送她上车。我想大[illegible]
能理解家长此刻的复杂心理，我已经不再那么狭隘了，不能让别人的孩子上前线，[illegible]
把女儿拖下来。我强作镇静，来送她。可但她真地爬上车的一瞬间，我又后悔了。[illegible]
样做是否明智！万一出了事，我将来怎样后悔呀！因为她是从我身边出发的呀！当我[illegible]
她系上纠察队的红布条，爬上卡车振臂一呼，和那些与她同样年纪的同学激昂出发的[illegible]
候，她好象突然长大了！他们将去拦截那些世界水平的坦克装甲之阵，去捍卫刚出现[illegible]
民主曙光的北京。

！我不信上帝，但此刻却在虔诚地祈祷：上帝呀！如果你真存在的话，那就睁开眼[illegible]
保佑那些正直、勇敢、纯真无邪的孩子们吧！保佑那些充满青春活力、刚刚步入人生[illegible]
孩子们吧！

当我看到[illegible]他们进行的[illegible]、市民、外国的朋友时，我[illegible]
上帝其实是没有的，他们才是真正的上帝！

人民与你们同在！

5.22.

[illegible]

上：旗幟飄動著，年輕熱情的心沸騰著。（地點／湖南長沙・攝影／楊平）

下：「一位母親的來信」字字血淚。（文見本書頁八一）

左頁：來自北平的「絕食書」，抄貼在廣州暨南大學校園內。（攝影／楊平，文見本書頁二三）

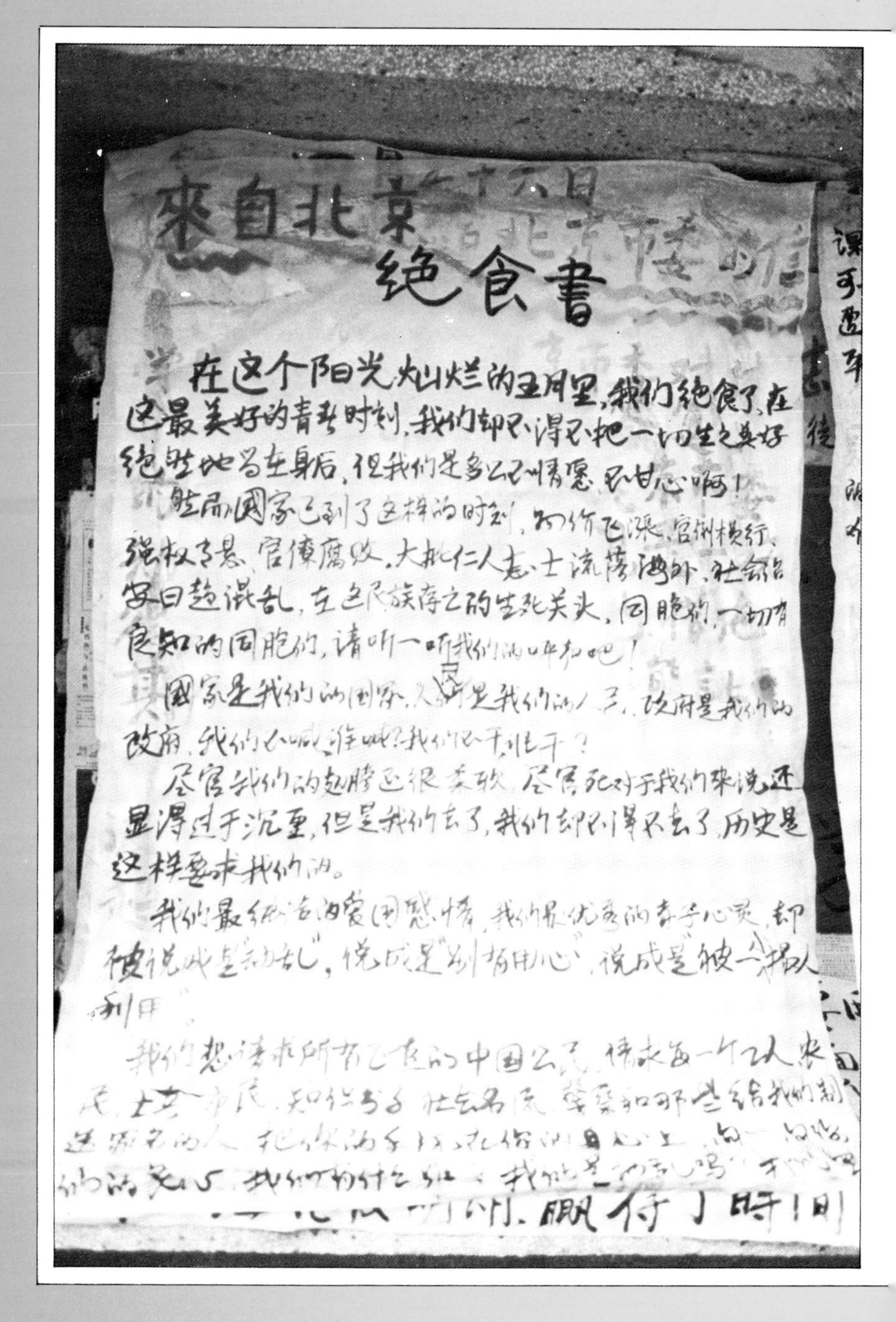

來自北京

绝食書

在这个阳光灿烂的五月里，我们绝食了，在这最美好的青春时刻，我们却不得不把一切生之美好绝然地留在身后，但我们是多么的不情愿，不甘心啊！

然而，国家已到了这样的时刻，物价飞涨、官倒横行、强权高悬、官僚腐败，大批仁人志士流落海外，社会治安日趋混乱，在这民族存亡的生死关头，同胞们，一切有良知的同胞们，请听一听我们的呼声吧！

国家是我们的国家，人民是我们的人民，政府是我们的政府，我们不喊，谁喊？我们不干，谁干？

尽管我们的肩膀还很柔嫩，尽管死对于我们来说还显得过于沉重，但是我们去了，我们却不得不去了，历史是这样要求我们的。

我们最纯洁的爱国感情，我们最优秀的赤子心灵，却被说成是"动乱"，说成是"别有用心"，说成是"被一小撮人利用"。

我们想请求所有正直的中国公民，请求每一个工人、农民、士兵、市民、知识分子、社会名流、警察和那些给我们制造罪名的人，把你们的手放在你们的良心上，问一问你们的良心，我们有什么罪？我们是动乱吗？

五月二十日清晨，軍隊被羣衆阻擋後撤退，圖爲在天安門廣場絕食多天的學生們。（美聯社）

劣質的紙張、粗糙的印刷，單張正反二版的「飢餓報」要「說眞話」。（內容詳見頁一九七～二〇八）

饥饿报

HUNGER

编辑出版：北外民主论坛社（北京外国语学院194
1989年 5月28日 第1期

发刊词

为巩固和扩大这次学运的成果，为今天的“五四”精神能
我们特出此刊，作为一个民主论坛，
一块民主园地，为所有关心民族前途、命运的人
自己民主权利的阵地。

当今社会知识分子饥，广大民众渴，绝食勇士们更感
这种饥渴并非食物所能填饱，这是对民主、法制、自由、人
的渴望与追求。为此我们取名“饥饿”。

说真话，说想说的话，这正是“饥饿”的宗旨：学生
的，民众所期待的，正是“饥饿”所要探讨的。民主、
“饥饿”报上将得到最好的体现。热诚欢迎同学老师及各
主、法制、自由、人权、科学、民族命运及时事分析等领
域，展开争鸣，充分享受宪法赋予我们言论自由的权利。

历史将记下这光辉的一页

自四月以来震惊世界的伟大爱国民主运动已经持续一个多月了。这个运动由学生首先开始，逐渐发展成为全民运动，其规模之大，其势之猛，其影响之深远，其受民众支持范围之广，其斗争艺术之高，都是古今中外，闻所未闻的。它在中国乃至世界历史中将成为光辉夺目的篇章。这一点在亿万人民群众的心目中，已经成为无法改变的定论了。

目前，这场运动虽然并没有结束，敌视这场爱国民主运动的势力也没有放弃否定乃至镇压这次运动的企图，而且人民群众的最起码的要求也并没有得到满足。但是，这个运动已经取得了伟大的成就。它向全国表达了人民的意志，唤起了民众的民主爱国热情，挫败了种种暴力镇压的威胁，从而从政治上宣判了专治独裁的灭亡。

我们当然懂得，在中国要实现民主，要进行真正深刻的改革，要使我们国家真正富强起来，还要走很长很曲折的路，还要付出巨大的代价。但不论目前的斗争如何结束，中国历史发展的大方向是改变不了的。中国人民决不会忘记在这场运动中为了祖国命运不惜随时牺牲个人生命的英勇斗士。中国人民作为国家的主人也决不会再低下骄傲的头，中国的专制势力也决不可能恢复原来的威风，继续为所欲为。总之，中国决不可能再成为过去的中国，一个新时代实际上已经开始。

在这个新时代中，知识分子已成为社会的中坚。长期以来，软弱依附的踌躇一去不复返了。在这个新时代中，民主与自由已不再是奢侈品，人民已庄严宣告自己是真正的主人。在民主面前一切象征权力、威势和暴力的东西都已无能为力了。在这个时代中，宪法已不再是一纸任人践踏的空文，而已成为人民争取民主自由的强大武器，人治崩溃了。在这个时代中，变革腐败的政治已成为任何人都无法回避、拖延、阻挠、回绝的急迫课题。经济改革也必将因为有同步进行的政治改革而更加深入下去。而随着民主与政治经济改革的胜利，社会主义的理想必将发出真正的光辉，从而逐步建立一种人类崭新的文明。

让我们为已经取得的伟大成就欢呼吧！

各省委、省政府、各军区、各总部纷
纷致电党中央、国务院支持李鹏“5.1
9”讲话。这也许就是他所希望的支持和
拥护。历史有惊人的相似之处。1976
年4月5日成千上万的群众在天安门广场
集会悼念我们敬爱的周总理，声讨“四人
帮”，这一革命行动被打成“反革命事件
”。“四人帮”深知他们的倒行逆施行为
得不到广大人民群众的支持，于是迫使各
省、自治区、各大军区领导表态，这些领
导迫于压力纷纷致电中央表示支持。但不
到半年“四人帮”倒台，那些表态的领导
痛心疾首，后悔自己说的违心话。事隔1
鹏把以学生为先导，有广大人民群众参加
主运动污蔑为“动乱”，发表了杀气腾腾
19”讲话，又迫使各省、自治区、各大
表态。这和1976年的做法何其相似乃
李鹏总理的命运是否会跟“四人帮”一样
敢轻率下结论，但有一个事实必须指出，
”革命事件被镇压下去后并没有出现把矛头直指“四人帮”的
；而“5.19”讲话到现在要求李总理下台的口号声在群众
伍中响彻云霄。

李鹏声称，他采取的果断措施一定会得到全体共产党员、
员、工人、农民、知识分子、民主党派人士、各界人士和广大
持和拥护，一定会得到人民解放军的支持和拥护，可到目前为
拥护和支持仅仅停留在他的讲话中，回答他的是声势浩大的示
强烈的抗议。在讲话中他并没有说希望得到各省、自治区、直
得支持和拥护。事情就是这样奇怪，希望得到的支持没有来，
的支持却来了。各省领导的支持就真的是人民的支持吗？对此
个大问号？

本报评论员

评《人民日报》4·26社论

1989年4月，中国历史上发生了最为壮观的自发的爱国民主学生运动。在这场运动中，爱国学生们忧国忧民，对当前我国政治生活和经济生活中的专制独裁、官倒、贪官污吏和政府腐败等许多问题提出了批评，他们要求民主和自由，要求新闻说真话。这些要求顺乎民心，说出了全国广大人民的心里话，理所当然地引起了全国广大人民的积极反响。

然而，正当爱国学生热情高涨地掀起民主运动时，李鹏等人却突然于4月26日通过人民日报发表了一篇社论，把这场轰轰烈烈的爱国民主运动说成是“一场动乱”，说成是“一小撮别有用心的人挑起的”，其目的是破坏安定团结。他们把社会上一切不正常现象都归罪于这场爱国民主运动，把所有的脏水都泼到了爱国学生头上。他们以为，抓住了“安定团结”这面旗帜就抓住了真理，就可以欺世盗名，欺骗中国和世界舆论，吓住广大爱国学生和全国人民。他们以为发表了这篇社论，就可以把这场爱国民主运动压制下去，就可以颠倒黑白，否定这场爱国民主运动的大方向。但是，他们低估了广大爱国学生和人民的力量和觉悟，这场运动不仅没有被压制下去，反而愈来愈壮大。目前这场爱国学生运动已发展成中国历史上最有划时代意义的全国性的爱国民主运动。这场爱国民主运动的大方向已被全国广大人民肯定，李鹏等人妄图否定它的大方向是徒劳的。“4.26”社论强加在爱国学生头上的破坏安定团结和动乱的罪名是不值一驳的。李鹏等人所谓的“破坏安定团结和“动乱”，就是因为爱国学生们表达

了要求民主和自由的
就是因为学生们揭露
专制独裁、官倒、
和腐败现象，这种揭露触及了李
痛处，威及了他们的既得利益。
所谓得安定团结，实际上就是要人
一些人为所欲为，让官倒们、贪官
继续侵吞国家财产，而不要批评。
来没有把胡作非为的各级政府官
乱，他们从来没有把横行在铁路上
叫做动乱，他们也没有把执法犯法
人们叫做动乱，唯独把揭露这些丑
的爱国学生叫做动乱。回顾4.2
发表以来北京市被称作动乱的日子
不难看出，挑动真正动乱和破坏安
的恰恰是4.26杜论，恰恰是李
事实是最为雄辩的，让我们用事实
吧：　正当广大爱国学生和市
悲痛的

（转下

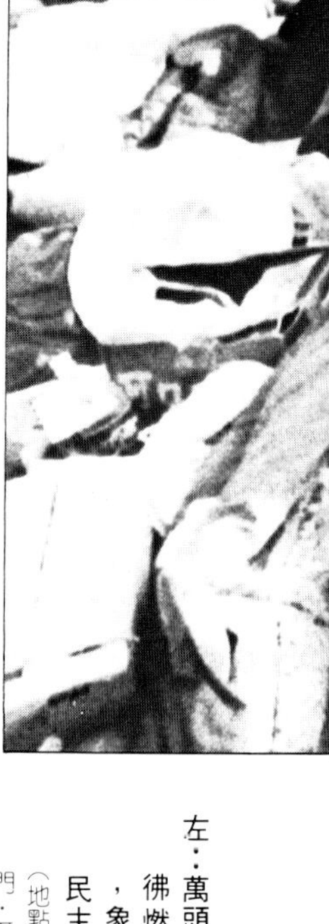

左：萬頭鑽動，彷彿燃燒的火焰，象徵著追求民主的熱情。（地點／北平天安門．攝影／楊平）

上：絕食現場的聲援羣眾。（地點／天安門廣場．攝影／楊平）

下：鎮壓學生絕無好下場，圖爲北大三角地帶餐廳。（攝影／龔鵬程）

【香港·华南早报】

邓小平称赵紫阳是叛和反革命

上：字字血淚化爲顆顆字彈，圖爲地下小報的打字情形。（路透社）

下：學運傳單常摘錄自由世界的新聞或報導，做強烈有效的訴求。

上：一個內容，不同的五種傳單，這種突破新聞封鎖的傳播值得探討。（文見本書頁二一九）

下：閱讀「大字報」是一般學生及民眾獲得訊息的主要媒介。（地點／北大．攝影／陳長房）

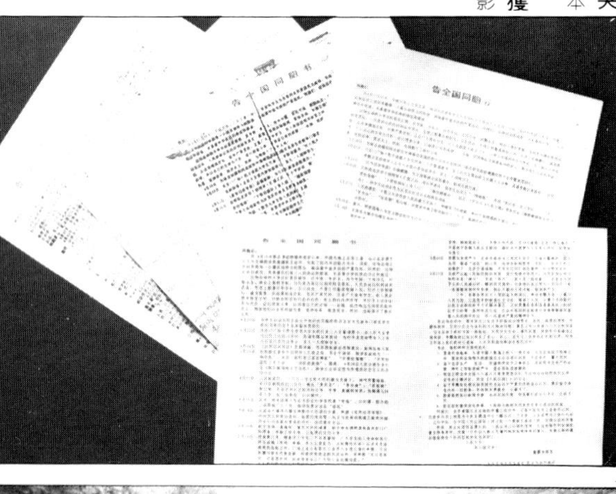

天安門廣場上成千上萬支持學運的民眾及學生。（地點／天安門廣場‧攝影／楊平）

上：一張張傳單是一顆顆射向中共政權的子彈，也是大陸學生爭民主的一頁頁歷史。

下：在大眾傳播媒體嚴厲被控的情況下，大字報的定點傳播之功效不容忽視。

（攝影／龔鵬程）

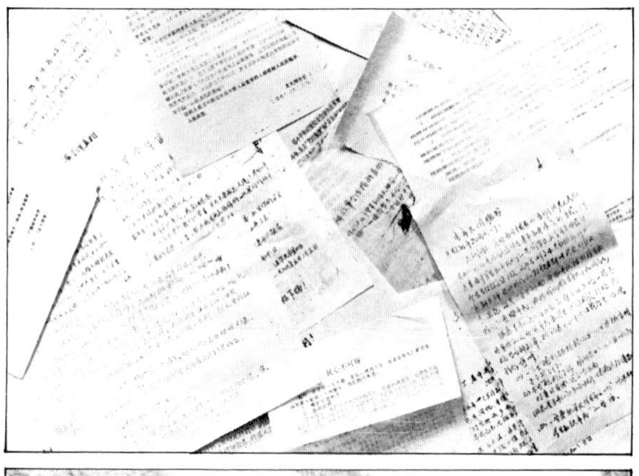

六月三日早上，地點是北平市的一處路口，市民用大型公車圍成路障，阻止軍隊進入天安門廣場。（美聯社）

六月四日星期日上午，北平血腥屠殺後的街道，被衝鋒槍掃射死亡的學生及倒在他們身旁的腳踏車。（美聯社）

哭喊自由

〈天安門運動原始文件實錄〉

除了一腔熱血，我們一無所有！

除了中華富強，我們一無所求！

——錄北師大絶食請願團五月二十日傳單

文訊叢刊⑪

李瑞騰主編

序

■李瑞騰

二十世紀，傳播科技革命性的發展，改變了人世間的各種結構關係，也根本移轉了人的思考路向和內容。我們無可避免的進入一個嶄新的視訊時代，享受著第二代新媒介帶給我們生活上的許多便利。

然而，在即將奔向二十一世紀的此際，我們卻也必須在電視衞星畫面上看到，大陸上爭自由民主的學生，在天安門廣場，在長安大街，被坦克輾碎、被機槍掃射。那種血淋淋的鏡頭，對身在自由中國的人來說，無疑是一場夢魘。

我們是何等的悲憤！悲同胞的生命賤如螻蟻，憤獨裁統治者毫無人性的血腥屠殺。我們只能說該說的話，做我們能做的事，希望能爲大陸民運提供長期的支援。在這時刻，我們看到了這一次天安門運動的大批傳單，劣質的紙張、粗糙的印刷，全無工商社會所謂的「包裝」。但是，那一張一張的傳單上，一字一句辛苦刻鏤上去的，是熱情的年輕學生和知識分子的血淚；而那血和淚，早已化成一顆一顆子彈，射向中共政權的心臟。

這些地下小報，從撰稿、抄錄或打字、油印的全部過程，和學運民運同步進展。這裡面大部份是傳單，也有略具刊物形態的「民主論壇」（北師大）、「人民之聲」（首都各界聯合會）、「饑餓報」（北京外國語學院）。和「大字報」的定點傳播不太一樣，它們可以透過有效的人力傳輸廣爲散發，在中共嚴密操控大傳媒體的困境下，在相當程度內突破了新聞封鎖，發揮了良好的傳播效果，這可能是整個運動能迅速擴大的主因。

在中共殘酷鎮壓以及大肆搜捕參與運動的人士之後，這一場震驚全球的民主運動表面上被壓制了。但是，民主的種籽既已普遍散播，遲早是要開花結果的；而且，在運動過程中，中共賴以支撑其體制的根本理論，已遭到知識界嚴厲的質疑和挑戰，距離土崩瓦解之日，相信已經不遠了。

文訊雜誌將獲得匪易的百餘篇原始文件彙編成册，爲這場運動留下了最真實最珍貴的證言。從另一個角度來看，本書可以說集一代之精英的大智大勇，他們用饑餓和血淚，甚至於生命，去思索中國苦難的根源、尋找中國未來的出路，他們有所突破，也有所侷限，支持者及後繼者如何從其中體察深思，而有所超越，這可能是出版本書最富深意之處了。

編例

一、本書計收百餘篇（目錄一〇一題，內文一二三篇）一九八九年天安門運動原始文件，以其內容精神命名爲《哭喊自由》，副題是〈天安門運動原始文件實錄〉。

二、本書各篇依原製作時間排列，區分爲二輯，輯一收四月廿一日至五月十六日傳單，命名爲〈從請願到絕食〉；輯二收五月二十日至五月二十八日文件，命名爲〈決戰時刻〉。各篇原無標示時間者，依內容可能指涉之時間分別排入適當位置。

三、本書輯一附有《人民日報》四月廿六日的社論；輯二附有《瞭望》周刊發表的〈北京學運紀實〉。前者影響學運極爲重大，後者曾因報導學運而被中共禁毀。

四、本書另有附錄三種，以〈哭喊自由〉爲總題：其一有四篇，前三篇爲北平以外地區傳單，後一篇觸及北平以外地區（南開現象）；附錄二、三可稱之爲雜抄，諸如歌詞、順口溜、口號、語絲、知識介紹等，皆運動傳單。

五、本書各篇或以撰稿者，或以發稿單位署名，原件有的就標示出來，沒有的從缺。

六、本書原件頗多模糊不清，無法辨識者，以「□」代之；偶有明顯筆誤者，則直接更改，不另說明；部分人名，依判斷或有安全顧慮者，則以「〇」隱之。

七、本書原件缺題者，編者依文意自訂，題下以「＊」標示。

八、由於海峽兩岸政治體制、社會結構差異甚大，本書中有不少用語，我們不能接受，或較難理解，但爲了存真，我們不做任何更改，特此敬告讀者。

目錄

《輯二》決戰時刻(1989.5.20~5.28)

《附錄》哭喊自由

附錄(一)

附錄(二)

附錄(三)

輯一

從請願到絕食

(1989.4.21~5.16)

在這個陽光燦爛的五月裏
我們絕食了
在這最美好的青春時刻
我們却不得不把一切生之美好
絕然地流在身后了
但我們是多麼地不願意
多麼地不甘心啊

——錄首都高校自願絕食者〈絕食書〉

請願書

1.重新評價胡耀邦同志的是非功過，肯定其民主、自由、寬鬆、和諧的觀點。

2.嚴懲毆打學生和羣衆的凶手，要求有關責任者、向受害者賠禮道歉。

3.盡快公布新聞法，允許民間報導，確認新聞自由。

4.要求國家領導人向全國人民公開其本人及家屬財產收入情況，查處官倒，公布詳情。

5.要求有關國家領導人就教育政策上的失誤對全國人民作出正式檢討，追究責任者。要求大幅度增加教育經費，提高教師待遇。

6.重新評價「反資產階級自由化」運動，並使在其間蒙受不白之寃的公民徹底平反。

7.强烈要求公正如實地報導這次民主愛國運動。

北京大學學生籌委會・四月二十一日

北京各高校及各界人士：

為悼念胡耀邦同志提出民主進程，為抗議「四・二〇」血案的法西斯暴行，北京大學、北京政法大學、清華大學、北京理工大學、北京師範大學、南開大學、中國人民大學、中國科學院等學生紛紛組織

起來，組成數萬人的遊行隊伍，進發天安門和平請願，我們的行動受到了北京市民的大力支持，北京市民們！我們感謝你們！全國人民感謝你們！

如以上七條，政府置若罔聞，我們號召工人、農民、知識分子、個體工商、服務行業的工作人員、政府機關公務員聲援我們，罷課！爲民主奮戰到底！

人民必勝！民主必勝！

北京高校臨時行動委員會・四月二十一日

四月二十五日口號

1.人民大學　罷課爲民　人民大學　愛戴人民
2.支持團校　罷課到底
3.打倒官倒　剷除腐敗
4.打倒貪官　深化改革
5.提倡改革　反對倒退
6.端正黨風　反對歪風
7.新聞自由　解除報禁
8.澄清事實　報導真相
9.人民日報　爲民說話
10.感謝人民　理解學生
11.理解警察　反對暴力
12.以法治國　反對獨裁

13. 罷課到底　罷課爲民　不達目的　決不復課

14. 共產黨，愛人民，人民愛，共產黨

15. 小平您好　紫陽您好

16. 集體失誤　集體辭職

17. 學生無罪　愛國無罪

誰是「動亂」的製造者

偉大的愛國請願的學生運動，卻被扣上一個「動亂」的帽子，學生被說成是「動亂」的製造者。其實，稍有頭腦的人都會發現，這是「自欺欺人」之談。

我們不用具體說是政府的腐敗無能才導致這場規模宏大的愛國「動亂」。我們只說當局是如何對待這場愛國「動亂」，就完全可以看出誰是「動亂」的真正製造者。

學生的和平請願運動對一個開明的政府來說未嘗不是一件好事。然而，我們的政府一開始就採取視而不見、置之不理的冷漠態度。隨著運動的擴大，我們的政府才不得不有所表示，而他們的表示方式是借助他們的工具——電台、報紙、電視對學生橫加指責，硬扣上了一頂「動亂」的帽子，於是「動亂」便開始產生了。

「文化大革命」時我們都還小，不太懂，印象不深，而那些曾因「文革」而起家的御用文人，是他們念念不忘「文革」那一套，什麼「一小撮」，什麼「別有用心」，什麼「蓄謀已久的陰謀」……，聽起來確實讓人可怕又可笑，是他們想把中國拉回「文革」，告訴你們這些真正「別有用心」的「一小撮」，我們青年學生和廣大人民羣眾絕不答應，絕不會讓你們這個「蓄謀已久的陰謀」得逞！

是的，安定團結有利於發展，然而，也別忘了，臣民的馴服也是某些人搜刮民脂的大好機會。因此

，我們不能這麼馴服下去，必須把改革的蛀蟲，發展的寄生蟲先打下去，以保證中國能在安定團結中純□□□□□□□□□□□□□□□□□□□□□□□□□□□□□□出來」也是不必要的。但是，請問，國家領導人接見羣衆的條件是什麼？十多萬的大學生爲了民族的興亡，爲了祖國崛起，難道這個條件還不夠嗎？

中國的民主過程需要一步一步推向前進，歷史也曾經有過今天，今天也必將成爲歷史，歷史的經驗是寶貴的，請我們所有正直的中國同胞包括開明的高級領導人，請讓我們一起三思！

人民大學・四月二十七日

附：必須旗幟鮮明地反對動亂

——四月廿六日《人民日報》社論

在悼念胡耀邦同志逝世的活動中，廣大共產黨員、工人、農民、知識份子、幹部、解放軍和青年學生，以各種形式表達自己的哀思，並表示要化悲痛爲力量，爲實現四化、振興中華貢獻力量。

在悼念活動期間，也出現了一些不正常情況。極少數人藉機製造謠言，指名攻擊黨和國家領導人；蠱惑羣衆衝擊黨中央、國務院所在地中南海新華門；甚至還有人喊出了打倒共產黨等反動口號；在西安、長沙發生了一些不法份子打、砸、搶、燒的嚴重事件。

考慮到廣大羣衆的悲痛心情，對於青年學生感情激動時某些不妥當的言行，黨和政府採取了容忍和克制態度。在二十二日胡耀邦同志追悼大會召開前，對於先期到達天安門廣場的一些學生並沒有按照慣例清場，而是要求他們遵守紀律，共同追悼胡耀邦同志。由於大家的共同努力，保證了追悼大會在莊嚴肅穆的氣氛中順利進行。

但是，在追悼大會後，極少數別有用心的人利用青年學生悼念胡耀邦同志的心情，製造種種謠言，蠱惑人心，利用大小字報污衊、謾罵、攻擊黨和國家領導人；公然違反憲法，鼓動反對共產黨的領導和社會主義制度；在一部份高等學校中成立非法組織，向「學生會」奪權，有的甚至搶佔學校廣播室；在有的高等學校中鼓動學生罷課、教師罷教，甚至强行阻止同學上課；盜用工人組織的名義，散發反動傳

單；並且四處串聯，企圖製造更大的事端。

這些事實表明，極少數人不是在進行悼念胡耀邦同志的活動，不是爲了在中國推進社會主義民主政治的進程，也不是有些不滿發發牛瘋。他們打著民主的旗號破壞民主法制，其目的是要搞散人心，搞亂全國，破壞安定團結的政治局面。這是一場有計劃的陰謀，是一次動亂，其實質是要從根本上否定中國共產黨的領導，否定社會主義制度。這是擺在全黨和全國各族人民面前的一場嚴重的政治鬥爭。

如果對這場動亂姑息縱容，聽之任之，將會出現嚴重的混亂局面，全國人民，包括廣大青年學生所希望的改革開放，治理整頓，建設發展，控制物價，改善生活，反對腐敗現象，建設民主與法制，都將化爲泡影；甚至十年改革取得的巨大成果都可能喪失殆盡，全民族振興中華的宏偉願望也難以實現。一個很有希望很有前途的中國，將變爲一個動亂不安的沒有前途的中國。

全黨和全國人民都要充分認識這場鬥爭的嚴重性。團結起來，旗幟鮮明地反對動亂，堅決維護得來不易的安定團結的政治局面，維護憲法，維護社會主義民主和法制。決不允許成立任何非法組織；對以任何藉口侵犯合法學生組織權益的行爲要堅決制止；對蓄意造謠進行誣陷者，要依法追究刑事責任；禁止非法遊行示威，禁止到工廠、農村、學校進行串聯；對於搞打、砸、搶、燒的人要依法制裁；要保護學生上課學習的正當權利。廣大同學真誠地希望消除腐敗，推進民主，這也是黨和政府的要求，這些要求只能在黨的領導下，加強治理整頓，積極推進改革，健全社會主義民主和法制來實現。

全黨同志，全國人民必須清醒地認識到，不堅決地制止這場動亂，將國無寧日。這場鬥爭事關改革開放和四化建設的成敗，事關國家民族的前途。中國共產黨各級組織，廣大共產黨員、共青團員、各民主黨派、愛國民主人士和全國人民要明辨是非，積極行動起來，爲堅決、迅速的解決這場動亂而鬥爭！

關於「四・二九」座談的聲明

敬愛的各位同胞：

北京高校學生聯合會對你們的熱情支持表示衷心感謝。

四月二十九日，袁木等領導同志出席的與北京高校部分同學的座談會是政府和學生積極準備對話的一個表現，這些同學是全國學聯和原北京學聯通過校方機構直接邀請的，而非北京高校學生聯合會（簡稱北高聯）派出的正式代表，不是政府與北高聯的正式對話。我們正在積極對話，我們真誠的希望人民的心聲能如實暢通地反映給政府，並且對中國當前深化改革、渡過難關，增加推動力。

我們非常希望雙方都互相尊重，相互平等，對國家和人民負責，在充分吸收各界人士建議、在進行充分醞釀基礎上，最重要的（在正式對話前提條件實現以後），我們倡議這次對話盡快進行。

在此之前，爲對人民負責，罷課將繼續進行。相信政府和人民將能理解，任何可能引起社會動亂和不利改革的因素都是我們堅決反對的。

學生和廣大人民一樣將支持中央打擊貪污、腐敗，清查官倒，維護安定團結。

黨代表人民的利益，學生反映人民的心聲，雙方爲什麼不能開誠布公地對話呢？我們應該把人民痛恨的東西當作第一個要反對的，而不應該把愛國運動當作動亂的因素。

我們注視着，等待着，盼望着正式對話進行及其滿意結果的到來，願學生和人民都不被愚弄！

北京高校學生聯合會・四月二十九日

我們必須旗幟鮮明——對話成功的基本條件

政府與學生對話在即，爲了不使對話全盤皆輸，我們必須明確以下幾點：

一、對話必須是平等的，這是對話的起碼條件。所謂平等對話，要求雙方在對話前必須就對話的時間、地點、雙方選派人員等相互協商，達成一致意見後方可進行。如果像今天下午這樣聽憑政府在學生毫無準備的情況下搞突然襲擊，一切主動權掌握在政府手中，這根本就不可能是平等的對話。

二、學生對話代表必須是此次學運的積極分子。必須是能夠真正代表同學意願的。頭腦清晰、態度明確、立場堅定的同學。北京市學聯和全國學聯在學運中從未起任何積極作用，他們沒有資格指定所謂「當然」代表或「特邀」代表。我們堅決反對這種摻沙子的行動。

三、全國學聯和北京市學聯没有資格代表學生組織來協調這次對話，我們不需要他們橫插一脚。不需要他們作爲學生意見和心願的「過濾器」。他們作爲中間人，必將妨碍對話目標的順利實現。

四、各校對話代表組成學生代表團，在對話前召開代表會議。將對話內容和要求，以舉行中外記者招待會的形式，先行向全社會，全世界公布。既表明我們的態度，又促使政府真正重視這次對話，認真答覆同學們的提問和要求。

五、要求政府對話内容如實、公正、客觀，及時地向社會公布，學生代表每次對話之後，必須向廣

大同學滙報對話經過，若出現代表在對話中有不符合同學意願的言行，同學可以提出意見。這五點是對話的基本前提。

當局，我們眞是服了你了

聽了這個匆忙安排的所謂「對話會」的錄音剪輯，我們有這樣幾點疑問：

第一，當局代表一個老紅衛兵之口，把這次學生爭取民主推進改革的運動描繪成與「文革」驚人相似。這是以形式上的相似取代實質上的區別，當局代表對這次學潮推進改革爭取民主的積極作用避而不談，而大談學潮與文革的形式上的某些相似之處，這是不是對學生運動的惡意污蔑，對學生們愛國熱情的侮辱？

第二，當局代表說，四月二十二日，李鵬總理不知道學生們有對話的要求，事實上，早在此以前，學生們就已經提出過這一要求，況且在大會堂外數萬青年學生忍飢受渴高聲請願，作爲政府首腦李鵬總理居然不知道，這本身是不是就表明領導人和人民羣衆之間缺乏交流渠道呢？這本身是否就是對標榜政治民主的莫大諷刺呢？

第三，所謂對話，爲什麼對最後政治的問題没任何反應？是袁木不能回答，還是不敢回答？

摘自《師範大學通報》

聲明

這次以胡耀邦同志逝世爲契機，北京市高校學生自發掀起的民主愛國學生運動，從一開始就是本着幫助政府工作，推進中國民主化進程的精神，以和平請願的方式進行的，四月十九日部分學生在新華門前靜坐，四月二十二日胡耀邦同志追悼會期間十九所高校學生聯名上書，明確指出，要求政府成員能夠真誠平等地就學生所提的七條民主要求（由於四月二十日凌晨發生事件以及其他一些原因，兩次的「七條」略有出入）與學生代表進行對話，但政府成員不予理睬，只是由一般工作人員轉交了學生的書面要求，正是這種高高在上的官老爺態度，激起了廣大學生的强烈不滿，才有更多的學校聚集在一起，於四月二十五日晚成立了本會的前身，以協調此次學生運動中的各項活動爲宗旨的鬆散性臨時組織：北京市高校臨時學聯。政府不注意檢討自己的官僚態度將會引起學生什麼樣的反應，在我們開成立會的同時，向全國廣播了「人民日報」四月二十六日社論，並在二十六日向本會和各校學生施加了巨大的壓力。這種不民主的態度也引起了社會上的强烈不滿，因此才會有四月二十七日遊行時首都市民圍觀如堵，熱烈歡呼的場面。

這種出乎政府成員意料之外的場面，終於使他們意識到，作爲政府，他們不能無視人民的需求，遊行還未結束，中央人民廣播電台就播出了政府同意與學生對話的消息，廣大學生對政府態度的轉變當時就表示了熱烈歡迎，並於其後等待着政府的實際行動，令人遺憾的是，政府再一次表現了不真誠的態度，使得於四月二十九日下午舉行，於當天晚上向全國播出的政府學生間的第一次對話座談會成爲了一次欺騙輿論的活動。

我們之所以這樣說是因爲這次對話從形式到內容都表現出了政府的沒有誠意。

從形式上說，首先，學生代表是由政府各級領導指定而不是由學生選舉產生的，這些代表接到通知到參加會議，時間非常匆促，不能爲對話作出席應有準備；各校代表也沒有可能協調，以反映這次學生運動中廣大學生共同關心的根本問題。其次，政府方面的代表人選不合適。由於政府代表並不掌握調整政策的權力，作爲政府機關的新聞發言人，作爲政府行政機關的政策執行人祕書長，他們對於學生民主議政的各項要求只能作解釋性回答，不能進行平等協商。再次，對話中一個學校代表只能提一個問題的規定，取消了學生代表與政府代表在對話中應有的平等關係，取消了學生代表應有的民主權利。最後，向全民播發的對話實況是作了刪節改動的，實際對話長達三個半小時，因此事實上社會輿論並沒有能夠了解這次對話活動的全部真相。

從內容上說，政府代表對學生問題所做的回答也表現出了他們的沒有誠意。第一、政府代表在承認了這次學生運動中廣大同學的民主愛國熱情後，又反覆將這次旨在協助政府推進民主的和平運動與破壞民主的文化大革命相提並論，使用「動亂」這種多年來意指文革的用語討論這次學生運動，這意味着政府對這次學生運動根本性質的看法，這種看法不僅廣大學生不能接受，曾經對學生運動表示支持和同情的社會各階層人民和各界人士也是難以接受的。第二、政府代表在回答學生代表關於教育經費的問題時，提出遊行破壞治安影響生產，將使教育經費很難增長，這種推卸責任，讓學生承担政府重大政策失誤的說法不僅難以自圓其說，而且也是學生和人民難以接受的。第三、政府代表否認了追悼會面對胡耀邦

同志有溢美之辭，又互相補充地説人死了總要多説些好話，這不僅自相矛盾，而且迴避了學生們要求中所包含的對過去領導人作客觀公正評價的歷史科學精神，這不能不使廣大人民羣衆對政府的態度是否嚴肅認真感到懷疑。第四、政府代表至今堅持這次學生運動中有一小撮別有用心的人參加的説法，我們對此表示遺憾，我們認爲，任何運動起來時，都難免魚龍混雜，但運動既然形成，既然廣大參加運動的羣衆都認爲統一的行動和口號表達了自己的意志，那麼，在肯定了運動的大多數下層參加者的方向正確的同時，事實上也就肯定了運動的大多數領導者，否則就是邏輯混亂。因此，這次學生運動不僅廣大同學不存在被「一小撮壞人」左右的情況下，運動中應運而生的市學生自治聯會也不可能靠「一小撮壞人」的別有用心組織成功受到廣大人民支持同情的學生運動。第五、政府代表由於忙於做解釋性回答，表現出總在設法堵塞漏洞和語病，又不斷出現新的漏洞和語病的現象。例如，關於法制報記者是否傳過李鵬總理要接見學生的消息時提到的錄音，他們忽略了錄音作証的最基本的一條，即錄音只能証明某人説過什麼話，不能証明某人没説過什麼話，又如關於喊「打倒共產黨」的口號的問題，對話前政府説法因爲有人喊「打倒共產黨」，才發生了動手的現象，現在又説這是在學生已經被滿滿地塞入汽車後發生的，却不對這兩種説法的變更作解釋，類似的漏洞還很多，我們將逐條批駁，這裏不再細談。

總之，正視於這種情況，我們自治聯會昨天發出了聲明，表示不承認這次對話，事實上，政府的這種不明智的舉動已經在稍趨平緩的學生中又激起了不滿情緒的上漲，我們要求，對話的原則必須是真誠、平等、公開、直接（直接即直接與學生民主推舉的代表對話，直接與政府決策人對話，去掉中間一切環節），我們真誠地等待着政府能夠有所表示，同時也保留採取行動的權利。

四月學運與「文革」的九點本質區別

目前這場學生運動，是一場偉大的「四月愛國民主運動」。它使本來處於危機和困境中的中國出現了很有希望、很有光明的前景。這就難怪凡是親身參加運動的人，都有一種崇高的使命感和創造歷史的自豪感。愛國心和民主情使同學們不畏强暴，同時又深情地訴説：媽媽，我們没有錯。

四月二十一日晚上悼念隊伍向天安門的進發，四月二十七日白天的堪稱世界奇觀的和平請願大遊行，均受到北京市民發自內心的支持和理解。我們親眼目睹了四月二十七日長安街上有不少警察向學生鼓掌，有一位警察還勇敢地豎起了大姆指。在妙不可言的「便衣警察」主題鼓聲中，我們感受到中國人民公民意識覺醒的不可抗拒和不可阻擋，感受到中國人民在成熟！這種成熟集中體現在幾乎没有人將這場學生運動與「文化大革命」作淺薄的比附，相反，當學生高舉「決不允許一九七六．四．五事件重演」的標語，由遠而近過來時，總是贏得一陣陣雷鳴般的掌聲。

令人不解的是，有一家報紙的社論──「人民日報」社論却一而再、再而三地將這場學生運動與「文革」作極爲淺薄的比附，其用意是耐人尋味的。任何有一點理論修養和做人良知的人，都清楚「四月愛國民主學生運動」和「文化大革命」有着本質的不同。

（下缺）

通知

明天（五月二日）早上九·三十中國人民大學生自治會在灰樓（學一樓）門口召開中外記者新聞發布會，望同學、記者互相轉告，踴躍參加。

自治會·五月一日

開會通知

尊敬的人民大學各班同學、各班負責人：

你們好！

首先感謝你們對我們共同事業的熱情支持！爲了使我們用生命、熱血和理性、良知換來的對話取得實質性進展和最終勝利，爲了迅速選出真正代表廣大同學的對話代表，由於時間緊迫，學生自治會希望能成爲這次對話的籌備會，負責學生對話代表的民主選舉的籌備工作，如果你認爲自治會能代表您和廣大同學的利益，從事對話籌備工作，請每班民主產生一——三名代表（通過選舉簽名等方式）明天上午九：〇〇在三二〇一室，參加對自治會從事對話籌備工作信任票或不信任票的選舉大會，每個代表都可以參加以後對話代表的競選。

謝謝！

中國人民大學學生自治會・五月二日

關於復課的聲明

北高聯於五月四日作出決定並當場宣布：北京各高校和部分罷課的外地高校於五月五日復課。對此，中國人民大學自治會居於以下理由堅決執行北高聯決定。

①居於策略上的考慮。爲了要求與政府更理性的、更切合實際的與雙方都能接受的對話方式。

②居於自身的原因。（從同學自身考慮，如果長期罷課，會損失嚴重。）因爲我們共同爲推進民主進程作出的努力是長期性的。另外由於北京大多理工院校和部分文科院校已不能繼續堅持下去，如果繼續堅持罷課，會使我們自己陷入被動地位，失去主動權。

同學們，我們爲推進民主化而持續半個月的努力，並沒有白費，罷課已取得了一定成果，同時復課並不意味着我們對民主與對話的努力就此讓步。堅持就是勝利！

我們還要說的是：自治會仍然存在，路仍要走。

中國人民大學自治會・於五月五日

絕食書

在這個陽光燦爛的五月裡，我們絕食了，在這最美好的青春時刻，我們卻不得不把一切生之美好絕然地留在身後了，但我們是多麼的不願意，多麼地不甘心啊！

然而，國家已經到了這樣的時刻：物價飛漲、官倒橫流、強權高懸、官僚腐敗，大批仁人志士流落海外，社會治安日趨混亂，在這民族存亡的生死關頭，同胞們，一切有良心的同胞們，請聽一聽我們的呼聲吧！

國家是我們的國家，

人民是我們的人民，

政府是我們的政府，

我們不喊，誰喊？

我們不幹，誰幹？

盡管我們的肩膀還很柔嫩，盡管死亡對於我們來說，還顯得過於沉重，但是，我們去了，我們卻不得不去了，歷史這樣要求我們。

我們最純潔的愛國感情，我們最優秀的赤子心靈，卻被說成是「動亂」，說成是「別有用心」，說

成是「受一小撮人的利用」。

我們想請求所有正直的中國公民，請求每個工人、農民、士兵、市民、知識份子、社會名流、政府官員、警察和那些給我們判罪名的人，把你們的手撫在你的心上，問一問你們的良心，我們有什麼罪？我們是動亂嗎？我們罷課，我們遊行，我們絕食，我們獻身，到底是爲什麼？可是，我們的感情卻一再被玩弄，我們忍着飢餓追求真理卻遭到軍警毒打……學生代表跪求民主卻被視而不見。平等對話的要求一再拖延，學生領袖身處危難……

我們怎麼辦？

民主自由是人生最崇高的生存感情，自由是人與生具來的天賦人權，但這就需要我們用這些年輕的生命去換取，這難道是中華民族的自豪嗎？

絕食乃不得已而爲之，也不得不爲之。

我們以死的氣慨，爲了生而戰！

但我們還是孩子，我們還是孩子呀！中國母親，請認真看一眼你的兒女吧！雖飢餓無情地摧殘着他們的青春，當死亡正向他們逼近，您難道能夠無動於衷麼？

我們不想死，我們想好好的活着，因爲我們正是人生最美好之年齡；我們不想死，我們想好好學習，祖國還是這樣的貧窮，我們似乎留下祖國就這樣死去，死亡決不是我們的追求。但是如果一個人的死或一些人的死，能夠使更多的人活得更好，能夠使祖國繁榮昌盛，我們就没有權力去偷生。

當我們挨餓時，爸爸媽媽們，你不要悲哀；當我們告別生命時，請不要傷心。我們只有一個希望，那就是請你們能更好的活着；我們只有一個請求，請你們不要忘記，我們追求的絕不是死亡！因爲民主不是幾個人的事情，民主事業也絕不是一代人能夠完成了的。

死亡，在期待着最廣泛而永久的回聲！

人將去矣，其言也善，馬將去矣，其鳴也哀！

別了，同仁，保重！死者與生者一樣的忠誠！

別了，愛人，保重，捨不下你，也不得不告終！

別了，父母！請原諒，孩兒不能忠孝兩全。

別了，人民！請允許我們以這樣不得已的方式報忠！

我們用生命寫成的誓言，必將晴朗共和國的天空！

絕食原因：第一抗議政府將北京學生罷課採取的麻木冷淡態度；第二抗議政府拖延與北京高校代表團的對話；第三抗議政府一直對這次學生民主愛國運動冠以「動亂」的帽子及一系列歪曲報導。

絕食要求：第一要求政府迅速與北京高校對話團進行實質性的、具體的、平等的對話；第二要求政府爲這次學生運動正名，並給予公正評價，肯定這是一場愛國、民主的學生運動。

絕食時間：五月十三日下午二點。絕食地點：天安門廣場。

不是動亂、立即平反！立即對話、不許拖延！爲民絕食、實屬無奈！世界輿論，請聲援我們！各界民主力量，請支持我們！

首都高校自願絕食者．北京農業大學自治會

知識分子大遊行

學生們已決心用生命爭取他們的——也是我們大家共有的——權利，教師們、博士生們，請戴標誌，走出校門吧！多少年了，該是人民說話的時候了。

發起人：嚴家其、包遵信、蘇紹智等

時間：八九年五月十五日下午一點半

集合地點：復興門立交橋

五月十四日

五·一六聲明

——巴金、艾青、劉再復、范曾等千餘名知名人士簽署

【編者案】從此次對學生活動的報導可以看出，大衆傳播媒介若想不失掉大衆，必須更新觀念，改革管理體制與傳播方式。中共中央主管宣傳的政治局常委胡啓立和其它諸位先生日前在與新聞界人士座談時他也認爲：新聞……已經到了非改革不可的時候了。

敢說此話、及時報導各種信息、反映社情民意，允許發表不同的意見，對人民的公僕執政黨和政府官員發揮輿論監督作用，加强決策與政務的公開性和透明度，顯然應爲新聞改革之要義。

今有中國新聞界著名人士巴金、嚴家其、包遵信、劉再復、艾青、蘇紹智、李澤厚、鄭義、趙瑜、李陀、范曾、馮至、吳祖湘、季羡林、溫元凱、張權、蘇曉康、王魯湘、汪曾祺、劉心誠等一千餘人聯名簽署〈五·一六聲明〉，對當前的時局和對策進行了分析，對執政黨與政府對學生運動的態度，有肯定、也有批評，更包含着熱切的期望與呼喚。本報決定一字不删地全文發表，以作爲新聞改革的初步嘗試。

我們相信，在「輿論一律」的氛圍裡長期從政，可能尚不習慣聽到不同聲音的人們，只要睜眼看看世界，傾聽人民的呼聲，更新一下觀念，就不會爲此皺眉頭、拍桌子，甚至跳脚起來。

本報同樣歡迎與〈五．一六聲明〉有所不同、甚至完全相反的分析意見。如有此類來稿，本報亦將予以發表。希望各界人士在我們報紙上共商國是，進行公開的對話。

【正文】六十年代的「五．一六通知」在中國人民心中無疑是一個專制與黑暗的象徵。二十三年後的今天，我們强烈地感受到民主與光明的召喚。歷史終於到了一個轉折點。當前，一場以青年學生爲先導的愛國民主運動正在全國崛起。短短不到一個月的時間裡，在北京和祖國各地，大規模遊行示威彼伏此起，波瀾壯闊。數十萬青年學生走上街頭，抗議腐敗，呼喚民主與法制，表達了工人、農民、軍人、幹部、知識分子及一切勞動階層的共同意志。這是一次繼承和超越「五．四」精神的民族大覺醒。這是一個決定中國命運的偉大的歷史契機。

自中國共產黨十一屆三中全會開始，中國走上了一條民族復興的現代化道路。遺憾的是由於政治體制改革不力，初見成效的經濟改革也嚴重受挫，腐敗現象日趨嚴重，社會矛盾急劇激化，全國人民寄予厚望的改革事業面臨着重大危機。中國正處於一個嚴重的關頭。在這個決定人民、國家和執政黨命運的時刻，我們——參加本聲明簽名的海內外中國知識分子，特此於今天——一九八九年五月十六日——鄭重簽署以下聲明，公開表明自己的原則立場。

一、我們認爲，面對當前的學生運動，黨和政府的某些領導是不夠明智的。特別是在不久前，還存在着試圖以高壓和暴力來處理這場學生運動的迹象。歷史的教訓值得借鑒：一九一九年北京政府、三十年代國民黨政府以及七十年代末期「四人幫」等獨裁政權都曾以暴力鎮壓學生運動，其結果無一例外，都被釘上了歷史的耻辱柱。歷史証明：鎮壓學生運動決無好下場。最近以來，黨和政府開始表現出值得歡迎的理智。如果運用現代民主運動的規則，善從民意，順乎潮流，將出現一個民主的穩定的中國。反之，則極可能把很有希望的中國，引導至動亂的波瀾。

二、以民主政治的形式處理目前的政治危機，其不可迴避的前提，就是必須承認在民主程序下產生的學生自治組織的合法性。反之，就與國家根本大法的規定的結社自由相抵觸。一度把學生組織定性爲「非法」的做法，結果只能激化矛盾，加劇危機。

導致這場政治危機的直接原因，恰恰是去年學生在這場愛國民主運動中强烈反對的腐敗現象。十年改革的最大失誤並非僅僅是教育，更在於忽視了政治體制改革。未經根本觸動的官本位，封建特權進入流通領域，才造成惡性腐敗，這不僅吞噬了經濟改革的成果，還動搖了人民對黨和政府的信任。黨和政府應該吸取深刻教訓，切實按照人民的要求，果斷推進政治體制改革，廢止特權、查禁「官倒」、消除腐敗。

四、學運期間，以新華通訊社「人民日報」爲代表的新聞機構隱瞞事實真相，剝奪公民的知情權；中共上海市委停止「世界經濟導報」主編欽本立職務，這些完全錯誤的做法，是對憲法的極大漠視。新聞自由是清除腐敗，維護國家安定，促進社會發展的有效途徑。不受監督制約的絕對的權力，必然導致絕對的腐敗。不實行新聞自由，不准民間辦報，一切關於開放改革的願望與許諾只能是一紙空文。

五、把這次學生運動稱爲反黨、反社會主義的政治動亂是錯誤的。承認並保護公民發表不同政治見解的權利，是言論自由的基本權利涵義。解放以來，歷史政治運動的實況就是壓制和打擊不同的政治見解。只有一種聲音的社會不是穩定的社會。黨和政府有必要重溫「反胡風」、「反右」、「文化大革命」、「清除精神污染」和「反自由化」的深刻教訓，廣開言路，與青年學生、知識分子和全體人民共商國是，才有可能形成一個真正安定團結的政治局面。

六、抓所謂「一小撮」、「長鬍子」的幕後指使者的提法是錯誤的。中華人民共和國的所有公民，不論年齡大小，都擁有同等的政治地位，都有參政議政的政治權利。自由、民主、法制從來不是被賜予的，一切追求真理、熱愛自由的人們，都應當爲實現憲法所賦予我們每一個公民的言論自由、出版自由、遊行示威自由而不懈努力。

我們已經來到一個歷史的盡頭。我們多災多難的民族已經再無機會可以喪失，再無後路可以退卻。富於愛國傳統和憂國意識的中國知識分子，應當意識到自己不可推卸的歷史使命挺身而出，推進民主進程，爲建設一個政治民主、經濟發達的現代化國家而奮鬥！

人民萬歲！

自由的，民主的中國萬歲！

五月十六日於北京

絕食現場

■五月十五日——獻給爲民主而戰的人們

雷聲，聽啊，
聽那轟隆隆的雷聲。
它震驚了世界，
又掃蕩著宇宙，
滾滾而來，
人民站起來了，
人民站起來了，
喀刺、喀刺、喀刺。

雷聲，雷聲
聽那轟隆隆的雷聲
它歡笑，它怒號

它哭泣，它嘶叫
人民的聲音，人民的聲音，
滙成了這無比的雷聲。
它震撼了天堂，
它以那無比的聲威，
打碎了天使們的寶座，
使他們心驚膽顫。
他們奔跑著把身上的人皮紛紛扯下，
露出了青面獠牙。

雷聲，雷聲，
聽那轟隆隆的雷聲。
大地和雷聲回應著，
以他博大的胸懷，
迎接著先來到的閃電。
看，看，看！
魔鬼的爪牙們行動起來了，
有那幾千年的骷髏，

臭氣薰天，
陰森森的雙眼空空洞洞，
它們撲過來了，
要殺死那呼喚自由的雷聲。
有那年輕的幽靈，
忽隱忽現，
在背後伸出烏黑的指甲；
深深的掐入春雷的脊背。
妖魔橫行，天空昏暗，
烏雲隱罩著天空。
大地一片沉寂，
整整十三年之久。
閃電，那燦爛的，
熱情的，狂暴的閃電，
撕開那層層烏雲出現了。
大地，大地，
大地看到了光明的希望，
大地看到了勝利的曙光。

雷聲，雷聲，
聽那轟隆隆的雷聲。
它又咆哮起來了，撕咬著，踢打著，
它把那地獄和天堂裏的魔鬼，
束縛在它身上的枷鎖，打個粉碎。
聽，聽，
聽那轟隆隆的雷聲。閃電呼嘯而過，
雷聲隆隆的響應。
大地震顫著，
如同將要臨盆的母親。
天崩地裂，
乾坤顛倒。
大地的兒子，
這世紀的希望，
這光明的火種，
誕生了。
它誕生在這黑暗的世界，

它誕生在這魔鬼橫行的世界。
它是黑夜中的火種，
它是霧海中的明燈。
邪惡啊，邪惡，
一見它的光明，
就遠遠的退去。
而它以它那强勁的雙手，
捕捉住它們，
用它們自己鍛造的，
囚禁光明的枷鎖，
給他們帶上沉重的鎖鏈。
把他們從天堂，
直打下無底的深淵。
聽，聽，
聽那轟隆隆的雷聲。
雷聲回盪，大地震顫，
光明就要到來了。

○○・五月十五日

親愛的學生代表！廣大師生們！

當我提筆給您們寫這封信的時候，我不禁早已熱淚盈眶了。我被你們的真誠所感動！我被你們那種憂國憂民，關心國家的命運，爲了民族的興亡不怕流血犧牲，爲了民族的興亡，將自己的生命，將自己的生與死置之度外的精神所深深打動著……。

此時此刻，我真恨自己爲什麼手中没有一點什麼權利？對同學們的幫助和支援太有限了，太微不足道了。此時此刻，我恨自己爲什麼不是「萬元戶」，對同學們的幫助和支援太有限和微不足道了，力不從心啊！可也難說，我們倆反正都是老實工人，又怎麼能當得了「萬元戶」呢？！違法亂紀，投機倒把，倒買倒賣，一切歪門邪道做不來，不會做，也不想做，這又作麼能當得了「萬元戶」呢？也不是什麼專業戶、個體戶，又怎麼能當得上萬元戶呢？……更多的在此不多談了，我今天到這裏來的目的是，要把二本書送給同學們，有些人是怎麼得的，用錢買權，有權又得到錢的，骯髒勾當，以及一些黨政幹部打著共產黨的招牌，無惡不做的生動事實！

我深知此時此刻廣大的師生，爲了民主，爲了國家的興亡，正在天安門廣場忍飢挨餓，生命受到嚴重的威脅！我的心也在流血！如有需要的地方盡管說話！北京市○○區○○巷○號　○○○！只要我能辦到的話就行！如有不當之處盡管批評指正！

五月十六日・一個市民一個工人

愛國民主運動的同胞們：

我們代表河北數萬大學生向你們致敬，並誓死同你們一道爲祖國的民主運動貢獻一切！我們河北數萬大學生真誠要求政府盡快平等地同大學生進行實質性的對話，並解決如下問題：

1.政府應當徹底、公正地評價這次學生的愛國民主運動；

2.否定四月二十六日社論和官方講話中對大學生的侮辱性言辭；

3.强烈要求腐敗分子辭職並依法懲處官倒；

4.政府應當撥款確保絕食同胞的生命和健康。

河北大學生代表・五月十六日

■致絕食同學的建議書

親愛的同學們：

對於你們的絕食鬥爭，北大全體師生表示深深的敬意和完全的支持。北京大學籌委會自五月十三日成立聲援指揮部以來，積極動員校內外全部可能的力量，認真、充分地做好後援工作，今後仍將努力把這項重要的工作做好。

在這裏，我們經廣泛徵求意見後，向你們提出如下建議：

⑴希望同學們珍惜自己的身體，做到盡可能好的調節工作，保存體力。

⑵認真對待「絕食」的範圍。根據國際慣例，絕食只是不吃固體糧食，而牛奶、果汁以及其它飲料是可以食用的。甘地「絕食」就是這樣堅持了四十九天。因此，我們誠懇地希望同學認真、冷靜地對待你們的身體以及你們現在及將來對祖國建設的作用。聽聽醫務人員的勸告，飲用牛奶等營養物質，保證身體的健康，這樣做也有利於今後的長期堅持。

⑶希望大家在任何情況下都要冷靜、理智地處理問題，以防出現一些意料不到的局勢變化。

做出如上建議，爲的是我們的共同目的，團結到底，爭取勝利！

此致

崇高的敬禮！

北京大學學生自治會籌委會・五月十五日

■致首都的大學生

你們——是太陽

給祖國黎明

帶來血紅色的曙光

你們是希望的太陽
從人民的海洋中
升起來了！
祖國的飢餓
忍受在你們的身體上
你們的飢餓
忍受在人民心靈上
我最出色的學生
都聚集在天安門廣場
都吶喊在你們的身旁
我還很窮
我的工資很少
我不能把更多的人民幣
投進捐款箱
但是，我有這樣好的學生
我有這樣忠誠、無畏的學生
我的財富和自豪
那每月一百多元的工資怎能衡量?!

羞愧吧！
「官僚」們罪惡的私囊
撕破吧！
官僚們太厚的臉皮
面對著——
兒子、孫子們無私的奉獻
我們尊敬的長輩
請拿出一點點人的心腸
專制，已經走到了盡頭了
民主，歷史的潮流不可阻擋！
首都的大學生——
首都的驕傲
今夜，滿天的星斗可以作證
你們在用肩膀
支撐著國徽的尊嚴
你們在用鮮血
哺育五月的鮮花開放

迎接未來世紀自由的光芒！

有的人活著
他已經死了
有的人死了
他還活著
今天夜裏，很涼、很涼
請你們多披一件衣裳
把多一些的溫暖
覆蓋在人民的心靈之上

在這個
星光燦爛的夜晚
在這英雄的廣場上
我，不能沉默
我要說——
試看二〇〇〇年的中國
誰是螳螂！

誰是棟樑!!

一名教師・五月十六日

親愛的大學生：

我們是中央黨校部分師生，我們堅決支持你們的正義行動。我們堅決同你們站在一起。

幾天來，我們關注著學生們的行動和事態發展，天天跑到天安門廣場，助威、唱歌、喊口號，每天夜晚，躺在床上，久久都難以入眠，我們的心在流血，我們的心被撕裂著，要知道，我們的學生們爲了祖國，爲了人民，爲了民主事業正在忍受飢餓、勞累、酷暑的煎熬，隨時都有生命危險。

中國再也不能獨裁下去了，中國人再也不能忍受淩辱和奴役了，我們曾經把民族的希望放在一個又一個的人身上，而是，我們所得到上是一次又一次的欺騙和愚弄，只有依靠人民自己，只有依靠民主政治才是中國的希望所在。

爲民主而戰的大學生們，我們中央黨校部分師生向你們致以崇高的敬意，如果有天，共和國真正成爲名符其實的共和國，人們永遠不會忘記你們，你們是祖國的驕傲，你們用行動爲中國民主運動鑄造不朽的豐碑，你們的悲壯行動開創中國歷史的新紀元。

中共中央黨校師生前來聲援絕食請願學生，强烈要求政府立即與請願學生進行最高級有效的對話。

用民主來維護祖國形象。我校部分師生已致函中共中央，强烈要求黨和國家領導人承擔自己的責任。向愛祖國追求民主的青年學生致敬

中共中央黨校部分師生・五月十六日九時十五分

我們是北京煤炭工業學院的聲援團，是第一所中專學校，我們需和總部取得聯繫，以便統一行動。請給我們一個證件。

北京煤校聲援團

經調查：

以南開、天津大學爲首二千多名天津各高校、大學生不辭辛苦騎自行車五百多華里來京聲援我們北京的學生運動，在此請大家用熱烈的掌聲表示我們的感謝！

向天津各高校學習致敬

法大記者團

■緊急呼籲

趙紫陽總書記、李鵬總理：

自五月十三日下午至今，在天安門廣場有千餘名學生進行絕食已經三天，近百名學生暈倒，送去急救，情勢危急，這種情況，時刻牽動著我們教職工的心，爲了儘早結束學生絕食，我們緊急呼籲你們，立即：

㈠親自和學生代表進行平等、真誠的對話。

㈡正式肯定這次學生運動的性質，是爲了推動民主進程的愛國運動。

北京外國語學院・五月十六日

■我們與你們同在

中央黨校部分師生、廣場上絕食的全體同學們，你們好！

我們是來自中輕工業管理幹部學院的師生，我們堅決聲援你們的愛國、民主革命行動，並願意與你們一道，爲推進民主進程，加强法制建設，振興中華同一切官僚獨裁作堅決的鬥爭。

今天，我們中華民族又處在一處重要的歷史轉折點，連日來的學生運動是一場科學與愚昧、民主與獨裁的決鬥，這場決鬥的勝負，關係到我中華民族的生死存亡。我們一定要團結起來，奮力鬥爭。

在這裏我們提醒政府的主要決策者要清醒頭腦，不要成爲人民和歷史的罪人，要儘快的與學生代表進行實質的對話。這是人民的意願，民心不可違！

我們在外地衝破層層阻力，來到首都北京，被同學們忘我的革命熱情所振動和鼓舞，我們一定同你們一道並肩戰鬥。

中國輕工業管理幹部學院部分師生・五月十六日

■月亮上的人

我願做一個外星球的人，我登上月球，看清了地球。我看得真，我看得細。地球在旋轉，地球在變化。九百六十萬平方公里的中國在震撼。「北京」「天安門」！！！爲什麼？爲什麼？爲什麼？？？爲了民主，爲了真正的民主。爲改革，爲了大衆利益的改革。這生走在月球上，我高聲吶喊！我支持你們，堅決支持你們！！！

我站在月球上，我要說兩句：誠然小平你風風雨雨戰鬥了八十多年。你給國家立的功，人民不會忘，十年改革你帶了頭，人民不會忘。但是在今天，在今天學生愛國學潮中，你不敢出來和學生代表真誠對話，也不讓趙紫陽、李鵬出來和學生進行坦率真誠實事求是地對話，這是你在歷史上最大的錯誤，因爲我站在月球上，我才看得清，我才看得細。你不讓趙紫陽動，他不敢動。你不讓李鵬說，他不敢說。你不讓胡啓立認錯，他不敢認。你說你有三百萬軍隊。那麼我要說：我有十一億人民，十一億人民做後盾，學生何所畏懼。三百萬，十一億哪個多哪個少連小學生都知道，你爲什麼不清楚？糊塗！糊塗！好糊塗！！痛心！痛心！好痛心！！因爲我站在月球上，我才感覺到。小平是你手裏拿著遙控板，你能遙控紫陽，李鵬和啓立，但是遙控不了十一億人民。如果現在還不出來認個錯，那麼你，鄧小平，趙紫陽，李鵬，將會在歷史上同時留下一個大黑點。因爲歷史是人民譜寫的。不信！那麼你們聽聽國際歌，它那響亮的聲音已傳到了月球上。我都感覺得到，你們却聽不到，那麼我站在月球了，我宣布：罷了你們的官，人民不承認你們。

署名：月球上的人

我們的弟弟妹妹們：

請多保重，爲了勝利的時刻！我們與你們感情相繫、精神相通！

能否請在廣場的所有工人、學生、市民共同唱一首「國際歌」？

一對畢業的研究生夫婦・五月十六日

一位支持你們的解放軍戰士

廣場指揮中心：

我們是北京醫科大學一附屬醫院，我們代表全體醫生、護士、教授們向同學們表示慰問，誠懇地希望你們保重身體，爲了祖國和人民你們應該保重身體，你們是民族的希望。絕食可以喝水、奶、及其他飲料，尤其危重者更應飲用糖鹽水。

爲了把鬥爭堅持下去，請大家服從。

絕食團指揮部：

鑒於我校有一部分同學已不在進水，使這部分同學情況更危險了！請指揮部再强調一下絕食團現在紀律是絕食不絕水，即使以後需要絕水，也應由絕食團統一規定。

絕食我們不怕，絕水我們也不怕，但要統一行動，一定要有紀律，要絕水一起絕，但絕對不要單獨行動！

北京科技大學絕食團

學生們：

辛苦了！

這場爭取民主的鬥爭，勝利必定屬於你們。那些爲了寶座而用屁股進行思想的官老爺們，豈能是用人的大腦思考的學生們的對手。飢餓的同學們，請你們看看黑色的天空，在我們的頭頂上，那封建專制的星空死了。你們正在爲五千年的文明史、爲自己疊砌一座無形的豐碑。沒有你們所要求的民主，即使再給當局五十年、一百年的「安定團結」他們也無法振興中華。

中國日報 ○○○
自由撰稿人 ○○○

這是一場偉大的運動，是中國歷史上任何一場革命運動都無法與之相比的。因爲中國從辛亥革命到五四革命以後的任何一場革命，都沒有徹底擺脫封建意識的影響，只有這一場運動才是一場真正徹底擺脫了封建意識影響的民主革命運動，這場運動對中國歷史的貢獻是無法估量的，她將加快中國民主改革的進程，她對中國未來前途將會產生巨大的、積極、深刻的影響。她使人民第一次感受到人民的價值，這一偉大的運動將會永載史冊。

大學生萬歲！

原北影電影學院畢業生・五月十六日下午於廣場

中共中央、國務院、人大常委會：

近期，北京及全國各地高校學生為推進中國的民主化進程進行了各類活動。從五月十三日起，北京高校有三千餘名學生在天安門廣場絕食請願，至十五日晚上，已有一二〇餘名學生昏厥，被送往醫院急救。現事態還有繼續惡化的趨勢，絕食同學的生命正處在危險之中，這種狀況引起各界人士的廣泛關注和憂慮。為此我們呼籲政府採取積極的態度，盡一切努力避免事態進一步擴大。

現簽名的有任繼愈（哲學家）、賀麟（哲學家）、王明（哲學家）、羅念生（文學家）、楊一之（哲學家）等等。簽名還在進行中。等簽名結束再作廣播。

■一位科技工作者的呼籲

今天科技日報以極大篇幅，刊登了五月十五日天安門廣場絕食活動的真實情況。但是，據我所知，今天訂閱科技報的各單位並未收到當天的報紙，從四月十五日以後，我們已經有三天沒有收到「科技日

報」了！（四月二十日、五月十五日昨十六日）

我們希望在場的科技日報記者，能向廣大羣衆説明真相！如果這其中有不可見人的「內聞」，我們强烈呼籲，給我們閱讀我們自己的報紙的權利!!我們需要看到事實真相!!既然科技日報未查封，也從未出現過刊登所謂「錯誤內容」的事實，那麼，我們爲什麼不明不白地屢次讀不到我們的報紙?!這是誰幹的?!

我以一位年輕科技人員的名義，並願意代表廣大科技人員，向「科技日報」致以崇高敬意!!並堅決聲援學生一切愛國、民主運動!!

北京化工研究院一位年輕的科技工作者

■建議

爲增加對政府不人道的拖延政策的壓力，建議派四所學校的絕食隊及其後援隊，在人民大會堂東南西北四個門前靜坐示威。可採取各校自己報名的方式決定哪所高校前往。如此建議被採納，我校是第一個報名者。

北京信息工程學院

△建議已絕食的同學飲食用袋裝鮮奶，絕食不絕飲料。

可用捐款購買，袋裝鮮奶可直接飲用淮東台基廠處梅園乳品店有售0・二三袋，飲用時可加入蜂蜜，對人體有益勝於喝白糖水，新鮮散裝蜂蜜較瓶蜂蜜爲好，西單南大街有一蜂蜜商店，洋槐蜜五・一六斤比棗花蜜好。

可在高校食堂組織製作蔬菜湯、蔬菜汁調節絕食同學口味，以免飲用甜飲料倒胃，爲了避免落人口實，應注意供應純飲品不要有菜葉等物出現。

避免飲用咖啡、可可、可樂等有一定興奮作用的飲料，少飲用汽水等對人體好處不大的飲料。

△建議開闢一固定地點作爲公告處，可將所需物品公告，便於有識之士提供及時的幫助。

△建議在廣場四周設立幾個簽務處，聲援學生運動。

△建議聲援隊伍實行幾班制，保證有一定數量的生力軍。

雨具等物品應具備，各單位應有人管理，私人物品也是應當愛護的，糾察隊也應負責維持大會堂一側的秩序，以免有人乘亂衝擊大會堂，廣場應有適當管理，破瓶子應及時清理，清晨應組織人力進行清

潔活動，夜間可用酒精爐等無污染燃料，爲絕食同學提供一定的熱牛奶等物。

全中國億萬人民和你們在一起

讓我們共同努力，堅持到底

除各校糾察隊外，應由一兩所高校佩戴校徽或特殊標誌，擔任全場糾察，維持秩序，財務公開，錢用在刀刃上。

■致戈爾巴喬夫同志

尊敬的戈爾巴喬夫閣下：

你的「改革與新思維」我們早已拜讀，對您的「公開化」口號非常欣賞，遺憾的是，一直倡導公開化的您這幾天在中國却一直公開不了，我們甚至不知道您是怎麼進入人民大會堂的！

尊敬的閣下，不知您對中國的第一印象如何？您本應該在天安門廣場受到最高級的禮遇，看到一張張真誠的笑臉以及發自內心的歡呼，但是，您踏上中國的第一步，不是在柔軟的地毯上是踏在機場跑道的水泥地上，委屈您了！

尊敬的閣下，據說您在國内很苦，上班經常是步行，坐車也是國產，到中國却坐上了奔馳，開了洋葷。老戈，奔馳怎麼樣？要不要回國也搞一輛？要我說呀，您可真不會享福，國家領導人嘛，就應該坐國外豪華車，那怕債台高築，哪怕怨聲載道，再所不惜！哪才叫夠味，哪才叫氣派！

尊敬的閣下，聽說莫斯科，人們經常可以在馬路上和您交談，您一定也想和中國的老百姓侃侃大談，但在我國，國家主要領導人不能輕易和老百姓見面的，您就入鄉隨俗吧！

尊敬的閣下，您到過很多國家，也到過很多著名的廣場，您不能到此一遊，真爲您惋惜。

尊敬的閣下，據說中國政府有一張牌這就是經濟改革比貴國搞得好，但是目前中國通貨膨脹，官倒盛行，經濟滑波，巨額赤字，不知小平、紫陽，李鵬見了您是怎樣報喜的？

尊敬的閣下，據說貴國已實現人民代表直接選舉，要我說呀，這不如我們的方法簡便直行，省時省力，我們有一張「革命關係圖」就足夠了。老子死了還有兒子，兒子死了還有孫子，外加女婿和兒媳，子子孫孫沒有窮盡。

尊敬的閣下，您還不知道我國的領導人現在圍著您團團轉，無暇與我們對話，您應該到我國領導人的避暑勝地北戴河去呆上兩天，雖還未到避暑的時間，但那兒的一幢幢豪華別墅是會叫您眼界大開。這樣，你就可以把他們讓給學生兩天，兩天以後，我們會把他們完整無損地奉送給您。因爲他們一天二十四小時都在與你會談，學生再等下去已有生命危險，老戈，就幫我們這一回吧！

中國人民大學「經濟理論與經濟管理」
編輯部三靑年編輯・五月十六日晚十二時三十分

■ 剎車

夜色漆漆不見撐，
一輛大車往前行，
拉車本是一盲馬，
趕車却也一盲人，
坐車之人在睡覺，
醒來已到懸崖邊，

懸崖勒馬還來得急。
決不容遲疑。

露珠・五月十六日

輯二

(1989.5.20～5.28)

一切熱愛民主自由的朋友們：
今天下午全市大遊行，
是我們又一次爆發，
讓我們行動起來！
參加到這個行列，
參加到這維護首都尊嚴的戰鬥中，
參加到這民主與獨裁、光明與黑暗大決戰中來！

——錄五月二十三日〈動員令〉

評李鵬發布戒嚴令

北京農業大學

剛才廣場廣播的消息，李鵬總理發布戒嚴令，這是違背憲法的。

李鵬的依據是憲法第八十九條第十八款，（國務院）可以行使全國人大和人大常委會授權的其他權力。

姑且不論李鵬發布的命令中隻字未提人大授權，在憲法中有關中華人民共和國主席的職權一章中，明文規定由國家主席發布戒嚴令，我們知道，在中國的體制中，國家主席發布命令的依據必須由全國人大和人大常委會作出。

按李鵬的邏輯解釋，全國人大不管是否履行授權程序，他作爲政府總理的「其他」權利，既然可以包括國家主席和全國人大的權利，當然就未嘗不可包括其他任何權利。

一個無能的政治家，竟然敢冒天下之大不韙，撈取如此大的權利，難怪人民不得不起而攻之。

因此，我建議市高聯、全國學聯向人大提出申訴，對李鵬總理兩年來的行爲，特別是違憲行爲作出全面質詢，追究責任。

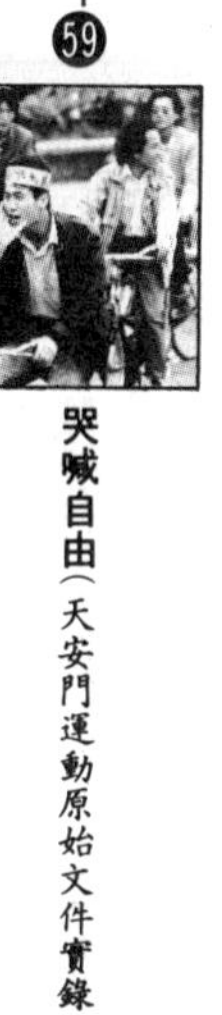

爲什麽說李鵬的戒嚴令是非法的？

1.根據中華人民共和國憲法規定，國務院是國家權力機關的執行機關，在全國人大常委會沒有作出任務決定的情況下，李鵬已將這場民主運動定爲動亂，並發布戒嚴令是違反憲法，超越全國人大權力的，所以是違法的。

2.根據國務院組織法的規定，凡是重大事項，必須經國務院全體會議或國務院常委會討論決定，而李鵬的戒嚴令並沒有經過國務院全體會議或國務院常委會議的討論決定，所以違反了國務院的組織法。

3.解放軍戒嚴部指揮在「告北京市民書」中說，人民解放軍是根據國務院的戒嚴令和北京市人民政府令派部隊進京，然而，憲法規定武裝力量由國家軍委統率，軍隊只能聽軍委的命令。而不能聽政府、更不能聽一個地方政府的命令而動。所以戒嚴部隊進駐北京也沒有法律根據。

北京工人自治會

緊急呼籲

今晚天安門廣場情況危急，我們急需水桶、水（催□□□□可以馬上扔進水中去）。

我們還需油印機、紙張、複印機等設備，請各位速給予支持，熟悉此行的就給予幫助一下。

五月二十日夜

告人民解放軍全體官兵書

親愛的人民解放軍全體官兵：

我們是在世界民主大潮中成長起來的時代青年，我們痛感國家的貧窮與落後，我們渴望她富强；我們痛感政體的專制和腐敗，我們渴望她民主健康，除了一腔熱血，我們一無所有！除了中華富强，我們一無所求！我們的行動贏得了全國各界各階層的聲援和支持，我們喊出了人民的心聲。但是，絕食已進入了第七天，政府仍然不答應學生的條件，對話仍毫無誠意。

我們要求民主，我們不是動亂，人民的聲援和支持，証明我們的行動是一場偉大的劃時代的民主愛國運動。

全體解放軍官兵們，你們是人民的子弟兵，你們是共和國的捍衛者，你們保衛的是人民的利益而非少數幾個人的利益。順者昌，逆者亡，在這關鍵的時刻，你們應該順從人民的意志而非少數幾個人的意志。我們相信你們不會做出親者痛，仇者快的憾事，你們不會鎮壓學生運動而成爲歷史的罪人。人民在召喚你們！人民在等待你們！

人民和學生在一起！

子弟兵和學生在一起！

真理必勝！

北京師範大學絕食請願團・五月二十日

給士兵弟兄們的一封信

士兵弟兄們：

當你們開進北京城的時候，你們所看到的，你們所聽到的一切將會使你們產生怎樣的感想呢？

士兵弟兄們，手無寸鐵，身無分文的學生奔走吶喊、忍飢挨餓，以生命爲代價的舉動到底是爲了什麼？是因爲受人利用嗎？那麼，爲什麼全國的工人、農民、知識份子，甚至部份警察、國務院工作人員都走上街頭，以令人振奮的聲援積極聲援學生運動？我們多麼希望我們的士兵兄弟，能到廣場去看看絕食已過六天的同學們，看看他們面黃飢瘦的面龐，聽聽他們發自內心的强烈聲音，他們是爲了國家的前途而盡自己最大的努力啊！他們忍受不了貪污、腐敗、官倒官僚現象，忍受不了教育的貧窮，帶來的人民素質的下降，忍受不了專制下的種種弊端，物價的驚人上漲，不正當、不合法的手段而造成的貧富差別的拉大等等，學生們起來了，喊出了人民的心聲，所以北京市人民聲援我們，全國人民積極響應他們。無論成功與否，學生能得到什麼？除了國家在民主、自由下的繁榮、昌盛外，他們一無所求！

士兵弟兄們，隨便看吧，貪污腐敗，隨處可見，爲一兩個貪官專制去拚死博戰，結果只不過是他們高位穩坐，受苦的仍是廣大民衆，你們又能得到什麼？你們和廣大人民一樣有著一顆愛國之心，你們難道就忍心鎮壓手無寸鐵的愛國學生，與人民爲敵嗎？不，你們一定不願意！你們的父母、兄弟、姐妹也是工人、農民、知識份子、學生的一部份，他們正在遙遠的地方思念你們、爲你們牽掛，他們在想些什麼呢?你們一定不要做出讓他們傷心的事啊!士兵弟兄們,你們是屬於人民的,你們是保護人民的軍隊,你們要爲人民的利益著想啊!三十八軍團看到了人民的願望,聽到了人民的心聲,因此他們拒不進京了,京城裡的人民提起他們,無不伸出了大姆指稱讚:「好樣的!」現在你們進京了,去聽聽人民的心願,走到人民中去吧,和人民連成一片,保護人民的安全,支持改革,支持一切愛國行動,則中國有救。貪官腐敗被清除了,則經濟體制改革的成果就不再流到官倒的腰包,我們人民羣衆(包括你們)的生活就會得到真正的改善。果真如此,人民不會忘記你們,歷史不會忘記你們,强盛起來的共和國永遠感激你們,你們的父母兄弟會以你們爲驕傲。

士兵兄弟們,我們本來就是一家人,你們來自人民,真理在人民手裡。政府說這次學生運動是動亂,那麼,請你們去問一問廣大的人民,去看看天安門的形勢,你們會明白一切,你們也會熱血沸騰!

士兵弟兄們,人民看著你們,也盼著你,看你們和他們攜起手來,爲祖國母親的繁榮而共同奮鬥!

到人民中去做個火鳥的人吧,你們將如魚得水。

工農、兵、商、知識份子、學生,所有有良心的愛國的中國人,聯合起來!

官方新聞的妙處

在一個没有新聞自由的社會中，中國人習慣了在官方新聞的微妙之處作些猜測。這就是我們所謂的官方新聞的妙處。從這幾天的官方新聞中，有幾處微妙之處是可以值得留意的。

之一：

未聞其聲，先見其人。這幾天播音員的表情很耐人尋味。北京台的播音員在電視上出現時，低著頭急速的讀出新聞，彷佛巴不得這不得人心的通告在急速播出被人忽略過去。中央電視台的播音員面色痛苦，聲調低沉，又包含了多少怨恨！看來廣播、電視被軍管是不會假的了，正如限制記者活動自由一樣，這一樣是爲了欺人耳目，顛倒黑白，但這辦得到嗎？

之二：

今晨的廣播很妙的安排了幾則簡短消息，或是說某省認真學習李鵬講話，或是說一拉牛奶的車輛被搶等。前者不外是想說李鵬似乎是得到了支持，後者不外是想給官方新聞所謂動亂添點材料而已，而事實真是如此嗎？習慣了在官方新聞的微妙之處不得不作些對黑幕的猜測的中國老百姓對於這一點，是不用猜就可以知道答案了。

之三：

楊尚昆的講話中說，軍隊不是針對學生的，絕不是，而在其授意下的官方通告中却聲明，在戒嚴中可以運用一切手段，這一切手段想來當有開槍、催淚瓦斯等吧。即使不針對學生，針對羣衆就是正確的嗎？把槍口對準市民不是鎮壓是什麼？

官方的新聞妙處，在沒有新聞自由的社會裡實地不一而具，而且也妙得很，大家可以時時留意，細細品味。

廣播站評論員・五月二十二日《北大傳單》

評李鵬講話系列之三

關於我國的「國際形象和聲譽」：

「講話」稱學生運動使中國的國際形象和聲譽受到極大的損害，理由是「舉世矚目的中蘇高級會晤中的一些國事活動安排因此被迫變更或取消」。

戈爾巴喬夫來華訪問是中國青年學生熱切盼望的大事，學生們欣賞這位蘇共首腦在推行政治體制改革中的膽識、勇氣和魄力，希望他爲中國陷入僵局的改革帶來新的活力。爲了歡迎他，同學們連夜準備了不計其數的以示歡迎的標語和橫幅，北大、師大等高校紛紛通過蘇聯使館向他發出邀請信，請他來學校進行有關政體改革的演講，爲了表示對戈氏的誠意，學生們在與政府談判破裂的情況下，仍主動讓出天安門廣場的一半，以協助完成戈氏訪華的一些國事活動。

學生們之所以到天安門廣場絕食請願，完全是被逼無奈之舉，誰願意毫不憐惜地戕害自己的身體呢？但學生們已被逼上了絕路。在五月八日以前，學生們已經向中共中央辦公廳，全國人大常委會、國務院等國家機關送交了邀請政府儘快派出高層領導人進行實質性對話的請願書，但政府的答覆日期從八號拖延到十一號，又從十一號變成含糊的「本周內」，最後將對話日期竟然訂在戈氏到達之日的五月十五日，這種無理拖延，毫無誠意，近乎戲弄的舉動激怒了學生，學生們別無選擇只有用絕食來進行最後的抗爭。在這種情況下，政府匆忙於十四日下午派出並不符合對話條件的中共中央書記處書記、國家教

委主任李鐵映等與由學生選舉組成的對話代表團進行了商議，對話代表團遵從絕食團的意見，將條件濃縮爲兩點：一、否定四・二六社論，給本次學潮定性；二、要求現場直播對話過程並准許中外記者出席。政府代表人表示不能由他們決定，於是宣告談判破裂。

「人民日報」四・二六社論是專制獨裁的產物，它肆意歪曲學生的愛國民主運動，是新聞控制的極端體現，在當時情況下，如果政府以國家利益爲重，以大局爲重，爲何不能否定四・二六社論，並以虛懷若谷的胸襟，公開承認錯誤，允許新聞真實報導。答應學生的兩點合理要求。若能如此，則絕食同學自會退出廣場，戈氏的日程安排也不致變更或取消，「講話」所稱的「國家的形象和聲譽」蒙受損失的現象也不會出現；更重要的是，中國共產黨將重新的以一個充滿自信、勇於改過的新形象出現在世人面前，尤其是他的社會主義伙伴面前。

然而，一黨專制的致命弱點便是將黨的利益置於國家利益之上，爲了所謂黨的形象和聲譽不惜出賣國家的形象和聲譽，這種做法導致了戈氏訪華期間一些重要國家活動的變更或取消。

與講話所說恰恰相反的是，學生運動不僅沒有使中國的國際形象受損，反而顯示了中國社會中一股清新有力、富於朝氣的民主力量，得到海內外一切憎惡專制獨裁，熱愛民主自由的人民普遍的讚賞支持，在形象和聲譽上受到極大損失的只不過是頑固不化，咎由自取的現政府。

重兵壓城　危在旦夕

同胞們，一件驚心動魄的事件昨晚在溫泉發生了，一位工人發現了二十四輛裝甲運兵車，七輛兵車已從內蒙兼程入京，工人當時奮不顧身地橫在裝甲車前，不遠處又有十七輛貨真價實全副武裝的坦克正向市區衝來，所幸坦克、裝甲車爲同學和廣大義憤的羣衆所阻，未能行進，看著裝甲車軋出的深溝，大家的心被輾碎了，何等「動亂」需政府在一個星期前便下令從內蒙調兵，兵車進京護駕，這真是共和國的奇恥大辱，市民用血汗修建的公路眼看就要毀於一旦，政府你不痛心嗎？四十年前我們和平解放了北京，而興師動衆，與民爲敵，到頭來，遭殃的只能是北京的重要古跡、市政建設和廣大市民，政府你忍心這樣嗎？難道政府不是在爲了你們少數的可憐官僚，爲了你們公子的小貪而拿廣大學生、全市人民的性命作賭注嗎？一個駭人聽聞的賭注？這樣狠心的政府，廣大市民們，我們能容忍嗎？正如一位老工人所說的：除非坦克從我胸上輾過，我們決不放走一輛軍車。

北京農業大學

一位老軍人致學生的公開信

可愛的同胞們、市民們：

我向你們致以一位老軍人的敬禮！

這一段時間，我默默的關注你們的鬥爭，我想提醒你們；你們已經取得了不可想象的勝利！我無法公開站出來支持你們，但我想對你們說幾句話：

一、戰略：

天安門廣場數十萬人，少數軍隊是無法解決的，戒嚴令公布幾十小時了，沒有對天安門廣場採取行動，因市內兵力、警力嚴重不足。軍隊與警察受的教育也不同，很難把槍口指向人民。一千萬同仇敵愾的北京人民是無法對付的。

二、戰術：

1.路口：羣衆自發地攔截軍車是前所未有的壯舉。千萬不要撤。即使聽說其他方向開進一兩支部隊，也不要撤。因爲，一兩支部隊解決不了問題，無法實施廣場行動和戒嚴、軍管。堅守路口就是勝利。爲此目的，各路口必須建立穩定的指揮系統，改善無組織狀態。

2.分割：這是一貫戰術。人民也可以以其人之道還治其人之身。在有充分準備的情況下，可放行軍隊的$\frac{2}{3}$，卡住$\frac{1}{3}$。在下一路口，再放行$\frac{2}{3}$，卡住$\frac{1}{3}$。把成建制的軍、師分割成首尾無法相顧的幾個部分

。能做到這一步，部隊的軍心、戰鬥力就基本上瓦解了。

3.開槍、催淚瓦斯：對聚集在一起的十幾萬人開槍，施放催淚瓦斯必將造成混亂和大批傷亡。必須警告軍隊領導，誰下令，誰將來必上軍事法庭，被判處死刑。就算北京用屠殺可以暫時控制，全國幾十個大城市怎麼控制！我們沒有那麼多軍隊。

4.要相信人民軍隊的基本素質，做好深入和細緻的思想工作，不僅要號召他們不進城，而且要號召他們調轉槍口，站在人民一邊。

祝北京人民勝利！

一位老軍人・五月二十二日《北大傳單》

告市民同胞書

尊敬的市民同胞們：

眾所周知，這場由學生發起的首都各階層人民共同參加的這場愛國民主運動是爭取和平請願的方式，一個月來由於學生和市民們的共同努力，北京並未因運動而發生任何交通事故，反而是刑求和其他犯罪行爲急劇下降，然而我們的政府却以學運引起北京混亂，誣衊學運爲動亂，而派軍隊鎮壓學生和我們的愛國市民。因此我們敬告廣大市民同志們：

據悉在軍隊進入市區前它很可能出現一些不明身份的人化裝市民和學生試圖製造打砸搶燒等各種事端，挑動暴力事件以誣衊學生，因此我們呼籲

㈠一旦發現打砸搶燒等事，一定要廣爲宣傳不是學生幹的。

㈡當發現製造事端、煽動的人不要響應，及時察明身份送交公安局。

㈢儘量不影響社會秩序以免給政府鎮壓留下藉口。

㈣一定要把軍隊攔在市區外，絕不輕信「不對付學生和廣大市民」的空語。

北京師範大學

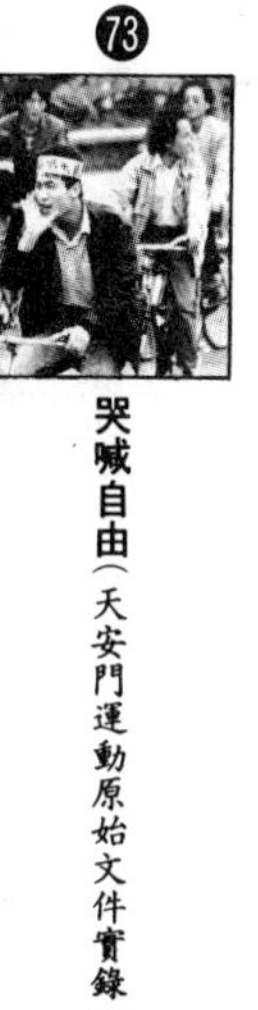

致奉命進駐北京戒嚴官兵的信

親愛的戰友：

我也是一個軍人，出身在農民家庭，咱們是階級兄弟，是戰壕裡的戰友。我在北高工作，年齡比你大一點，想跟你談談心。

中國人民解放軍是人民的軍隊，是工農子弟兵，緊緊地和廣大人民羣衆站在一起，全心全意地爲人民服務，是這支軍隊的唯一宗旨，這説明，我們不是軍閥的武裝、私人的軍隊。

當外敵侵入祖國，我們馳騁疆場，抛頭顱、灑熱血，在所不辭。當人民受災時，我們立即奔赴災區，捨生忘死，爲人民解憂排難，在人民的心目中，我早享有崇高的威望，軍民關係被喻爲魚水之情。

我十分痛心地告訴你，你這次來京，既不是抗敵，也不是救災。你確確實實是上當受騙了，這次部隊駐京是來鎮壓學生運動的。

這次大學生發起的廣大知識分子、工人、人民羣衆參加的運動，涉及到全國。這次運動的目的是推動改革，反對腐敗，打倒「官倒」，提高人民的生活水平。因此，北京市有百萬人參加遊行請願，聲勢浩大，是史無前例、世界罕見的。這場運動可以和一九一九年的五四運動相媲美而永載史冊。這場運動打中了特權階層、腐化分子、醜惡官僚的要害，也打中了楊氏家族的要害，楊尚昆曾受到毛澤東的迫害，黨中央挽救了他，給他平反並委以重任。他當上軍委常務副主席後，以權謀私，任人唯親，親手提拔自己的親弟弟楊白冰當總政治部主任，又提拔親兒子當二炮負責人，軍委會議快變成家庭會議了，真是厚顏無恥！

這次黨中央多次肯定大學生的愛國熱情，不同意給百萬人參加的愛國運動扣上「動亂」的帽子。你可知道，帶上「動亂」的帽子就等於帶上了「反革命」的帽子，這是誰都不同意的。黨中央非常支持大學生提出的「反官僚」、「反腐敗」的要求。楊家兄弟預感運動越深入，對他們的封建特權越不利，竟冒天下之大韙，公然排擠全黨正式選舉的總書記趙紫陽同志，扶植剛剛犯了嚴重錯誤的野心家李鵬，篡黨奪權進而私自決定調動幾十萬軍隊至北京推進，其目的，一是鎮壓學生愛國民主運動，封住人民的嘴，掩蓋他們的醜行，二是進軍發動軍事政變，建立楊家王朝，建立法西斯軍事獨裁統治，真是罪惡滔天，他們的陰謀已經敗露，受到一大批我軍高級將領和廣大指戰員的堅決反對和無聲的抵制，有些人甚至喊出「打倒新軍閥」的口號。

你想想看，這麼多軍隊，包括強大的坦克裝甲部隊，爲什麼要派軍進攻和平的首都，難道那裡發生了武裝暴亂了嗎？沒有，發生了打砸毀燒事件嗎？也沒有，那裡發生的是手無寸鐵的大學生和平請願活動，包括罷課、遊行、靜坐、絕食，如果是爲了對付一小撮壞人，難道北京幾十萬武警還不夠用嗎？

親愛的兄弟，你也許已經看到了廣大人民羣衆的態度，他們捨命阻攔軍車，是在保護大學生、老師們的生命安全。中華民族又到了一個歷史的關頭，我們都不要做出受人民唾罵、令親人痛心的蠢事，不要當楊氏兄弟的走卒，不能成爲歷史的罪人，你們的槍口，拳頭絕對不能衝著大學生和慈愛的老師以及廣大的人民羣衆。寧可被開除軍籍，也不當別人的工具，不能製造流血事件。切記啊！切記，大學生不

會忘記你，你的父母會支持你，人民會感謝你！這就是我和我的許多戰友的共同心願。

致以崇高神聖的軍隊！

告解放軍全體指戰員的一封信

解放軍指戰員同志們，你們不遠千里來到偉大祖國的首都，你們知道你們的「任務」是什麼嗎？就是那一撮與人民爲敵的頑固勢力派你們前來鎮壓手無寸鐵的大學生的愛國民主運動。人民理解你們，你們是被那些要維護專制制度的人蒙騙來的，他們以操練爲名，將你們騙至北京遭到全體市民强行攔阻，但是，市民同情你們，心疼你們，你們幾天幾夜的急行軍，吃不下飯睡不好覺，你們辛苦了！如果你們在生活各方面有什麼不方便的話，市民也會同樣像對待大學生一樣對待你們的，因爲你們是人民的子弟兵。全體解放軍指戰員同志們，現在北京以及全國都在反官倒、反腐敗的運動，這一運動完全符合全國各民族人民的心願。解放軍指戰員同志們，你們擔負著保衛祖國領土的職責，在祖國南疆，你們浴血奮鬥，而在後方，那些有權有勢的老爺們却大把大把地撈取不義之財，把錢存在國外，把他們的子女改入外國國籍，他們還算中國人嗎！解放軍指戰員同志們，你們知道嗎？我們的大學生爲了爲民除害，剷除貪官腐敗，在天安門廣場絕食請願，要求和他們以對話的方式來解決問題，幫助我們黨在改革道路上順利前進，但是他們却不加理睬，反而將「動亂」的罪名强加在大學生和全國人民頭上。廣大愛國學生的絕食請願深深地感動了北京市民，感動了全國人民，他們紛紛流下了熱淚，各大專院校的教師、教授們看到自己絕食的弟子爲了祖國的繁榮昌盛，一個個在廣場上絕食，都摟著學生老淚縱橫。解放軍同志們，我們相信這種場面就是你們看了也會流下同情的淚水的。

解放軍同志們，你們自己也有父母兄弟姐妹，也許他們也正在同那些大大小小的官倒進行鬥爭。在北京這樣大的運動中，北京整個秩序井然，沒有發生一次打砸搶燒的事件，這完全是大學生們堅持有理智的結果，更沒有危及中央各位首長的安全。而那一小撮人卻利用自己手中的那點權利，自以爲了不起，可是他們忘了，國家是人民的國家，軍隊是人民的軍隊，絕不是楊家軍、鄧家軍，他們如果想阻擋歷史前進的車輪，就必將在軍民的正義鬥爭中粉身碎骨，遺臭萬年！

最後，讓我們一起高呼：解放軍愛人民，人民熱愛子弟兵！

全國各民族人民團結起來，打倒官倒，剷除腐敗，振興中華！

告市民書

五月二十日共和國歷史翻開了最黑暗的一頁，一小撮獨裁分子喪心病狂，公然冒天下之大不韙，發動了反國家、反人民的軍事政變！

國家危機，民族危機！中華民族到了最危急的關頭！

昨天還信誓旦旦聲稱：「沒有人說過學生運動是動亂」的李鵬，今天公然再次誣陷偉大的八九年學生愛國民主運動爲「動亂」，出爾反爾、顛倒黑白、信口雌黃、「無恥」一詞已無法形容此人和他背後的鄧小平等獨裁者！

五月十七日，鄧小平等人發動宮廷政變，罷免趙紫陽同志的總書記職務，這是鄧小平個人專制，繼胡耀邦之後的又一犧牲品！

五月十九日晚，他們悍然調動野戰軍進駐北京，準備對廣大愛國學生和廣大市民進行血腥鎮壓，整個北京籠罩在血雨腥風之中！

從昨日晚到今天上午，已有部分市民英勇地站出來，他們當中有學生、工人、農民、幹部，甚至還有在北京的解放軍戰士；他們中有白髮蒼蒼的老人，也有剛剛懂事的孩子。他們以自己的血肉之軀擋住了隆隆駛來的軍車，他們以自己的悲憤語言和眼淚感動了廣大不明真相的官兵。這些官兵三天前就被禁止看報、看電視、聽廣播新聞，政府還無恥地欺騙他們說：他們到北京是來演習的。只是到了今天才了

解事情的真相！在市民聲淚俱下的訴說中，許多官兵流下了眼淚。在萬壽路，一位上校軍官含着眼淚發誓說：誰命令我們開槍打學生，我們就把槍口對準他！在萬壽路、六里橋、青龍橋、軍博、呼家樓、木樨園……人們到處可以看到這種感情的交流！

現在，一小撮獨裁者公開站到了人民的對立面，他們在製造真正的「動亂」，爲了個人私欲，他們完全不顧人民和國家的前途，他們正在把國家推向深淵！

市民們，共和國已到了生死存亡的關頭，拿出勇氣來，捍衛你們的憲法權利，打倒獨裁者！中國人民的中國，政府應該是人民政府！

打倒獨裁

人民必勝

一位母親的來信

【編者按】這是一位大學生家長根據他自己在京的聽聞寫出的一些想法和感受。那一顆眷眷舐犢深情和秦秦愛國之心令我們不禁淚下。我們感謝家長們對我們的關愛，更感謝你們對我們的深切理解！爸爸、媽媽們，請別爲我們擔心，請別爲我們哭泣。爲我們自己吧！母親更需要我們奉獻自己的一切！

今天我們只不過要說幾句心裏話，幾句最明了不過的眞話，然而我們却要償付生命代價！爸爸、媽媽們，我們做的事就是要讓我們自己的孩子將來不再爲說幾句眞話而犧牲！我們出發了！

我是北京外國語學院法語系一個同學的家長，因出公差到北京，我住在附近，和所有的家長一樣，最近以來真是惶惶不可終日，夜不成寢，食不甘味，無時無刻不在惦念自己的孩子，一面由衷地同情支持他們的愛國活動，一面又提心吊膽，生怕發生什麼意外。

十九日深夜，當在電視中看到李鵬一反平時溫良儒雅的常態，揮舞起拳頭時，我意識到形勢嚴重了，他們要動手了！於是二十日清晨就趕到天安門去，因爲我女兒在那裏，我想，我和學生的隊伍站在一起，就算一種無聲的聲援吧，而且一旦真的發現軍隊所謂制止動亂時，我也好挺身而出，保護一下我自己的孩子。

我被天安門前悲壯的場面震撼了！這裏點燃了喚醒中國人民的火炬！當海豚式的武裝直升機羣呼嘯而來的時候，熱血、熱淚、悲憤、正義感、人的尊嚴、不願再被人愚弄的感情等等，這一切在我的心中

久已泯滅的東西一起湧了出來，我第一次和同學們一起舉起了憤怒的拳頭。對當今政府最後一點信任和幻想徹底地崩潰了！你背棄了人民！

我就站在外語學校的營帳旁，站了整整一天。

二十一日晚上局勢緊急，女兒又要隨學校糾察隊去豐台了，我趕來送她上車。我想大家能理解家長此刻的複雜心理，我已經不再那麼狹隘了，不能讓別人的孩子上前線，設法把女兒拖下來，我强作鎮靜，來送她。可是她真地爬上車的一瞬間，我又後悔了。我這樣做是否明智?萬一出了事，我將來怎樣後悔呀！因爲她是從我身邊出發的呀！當我看到她纏上糾察隊的紅布條，爬上卡車振臂一呼，和那些與她同樣年紀的同學毅然出發的時候，她好像突然長大了！他們將去攔截那世界水平的强大裝甲之師，去捍衛剛出現一線民主曙光的北京。

我不信上帝，但此刻却在悲憤地祈禱：上帝啊！如果你真存在的話，那就睜開眼睛吧！保佑那些正直、勇敢、純真無邪的孩子們吧！保佑那些充滿青春活力，剛剛步入人生的孩子們吧！

當我們看到自動簇擁在四周替他們送行的老師、同學、市民、外國的朋友時，我想上帝其實是没有的，他們才是真正的上帝！

人民與你們同在！

五月二十二日《北大傳單》

政府的罪狀

據可靠人士透露，李鵬僞政府給全體公交系統的職工無限期的放假，停開地鐵，用於運兵並且限制各單位的車子上街，時間是從一九八九年五月二十日凌晨起，衆所周知，這一天各線公共汽車都没車，政府爲什麼要怎麼做?他們是想誣蔑廣大的愛國學生並以此來證明，這是一場大動亂所造成的後果，其用心極其險惡。另外，蔬菜、牛奶供應的緊張也是他們一手造成的。廣大公交系統的職工們，廣大熱心支持這場愛國運動的同胞們，要睜大眼睛。民衆需要正常的交通工具，並維持正常的生活秩序。李鵬僞政權利用羣衆的這種心理，企圖分化、瓦解羣衆和學生凝結起來的偉大力量，這就是「人民政府」的嘴臉，這就是他們犯下的「欺騙誣陷罪」。爲了維持這場運動進行到底，請速向廣大人民羣衆揭露政府的陰謀，同時建議公交職工速返公交崗位。

北京師範大學學生自治會．五月二十二日

誰在搞動亂

李鵬在首都黨政軍總部大會的講話中，提出了必須旗幟鮮明地反對極少數的別有用心的人挑起的動亂，楊尚昆宣布從外地調來大批解放軍戰士擔任制止「動亂」的使命。五月二十日，李鵬簽署了北京地區實行戒嚴的命令。

對此，我們廣大民衆和學生是堅決反對的。就北京地區的民主活動來看，上百萬人的遊行示威中，無任何形式的打砸搶事件，學生糾察隊主動維護了北京市的交通秩序，面對百萬遊行羣衆，居然撤走交通警，其用意是不言自明的。但他們打錯了算盤，並沒有出現任何混亂。在這種情況下，少數人宣布戒嚴是毫無道理的。他們必將激起民衆的公憤。李鵬先生在接見學生代表時矢口否認「動亂」二字，然而一天以後却大叫「動亂」，這是怎麼回事？他已不是一個孩子，這樣出爾反爾，必然要失民心於天下。

試想，李鵬先生在學生絕食開始時，或更早些接見學生代表，並接受請願書，怎麼會有今日之結果？有人一意孤行，歪曲事實，難道人民還能原諒他們嗎？我們想問一下李鵬先生，你說的那極少數，姓甚名誰？難道我們的人民就是這麼愚蠢，那麼容易受騙上當？今日之中國已不是過去，李鵬先生的愚民誣陷政策和誣蔑輕視人民的思想終將受到制裁！

軍隊開來了，但市民們却自願地擋住軍隊，並通知學生，這說明了什麼？軍隊士兵在兩周內不能看電視、報紙，不能聽收音機，甚至還以進京「演習」來欺騙士兵，這不是明明白白的愚民愚軍政策嗎？被剝奪了受教育權利的官兵們，你們該覺醒了，你們是人民的軍隊，是人民的子弟兵，不是少數人維護個人利益的工具，請站在人民的一邊吧！首都市民歡迎你們，當市民們知道你們缺乏精神食糧時，便送來報紙，講述耳聞目睹，這是多麼感人啊。廣大官兵們，北京是一個巨大的熔爐，你們在與市民接觸時一定會深切地感覺到首都人民的正義感，我們相信，在你們離開首都時，你們會學到許許多多的知識，那時，你們一定會知道在這個世界上究竟誰是一小撮！

是誰把中國的經濟次序搞亂的？不是人民、不是學生，是那些吸人民血汗的蛀蟲，他們使得物價上漲、人心惶惶，可他們却決不允許人民提出建議，他們在放火，却不允許人民去救火。廣大學生們爲了維護社會的安全，爲了社會經濟的發展，進行和平請願；首先遭到他們的蔑視，接著又是嚇唬，可是學生們爲了祖國和人民並沒有被嚇倒；於是他們欺騙，他們明修棧道，暗渡陳倉，用這種伎倆來對付我們的人民，是多麼的可恥！

把人民的和平請願當作動亂，請問用意何在？難道公布領導人及其家屬財產收入，懲治官倒，新聞要說真話都是在搞動亂？而不公開其收入，維護貪贓枉法，歪曲報導，以權謀私，以權要脅，却是安定團結！公民們、軍人們擦亮眼睛，看清誰是動亂的根源，誰在製造動亂？讓我們全體人民協助士兵們共同起來，打倒那些製造動亂的一小撮，不管他是誰、權力有多大。只有維護人民的利益的當權者才能受到人民擁護，那些高高在上，不以人民利益爲重的人們，當心總有一天要受到人民的懲罰！歷史終將他們釘在恥辱柱上！

北京師範大學學生自治會．五月二十二日

對聶帥、徐帥答覆科大部分學生的分析

一、徐帥聶帥完全支持學生們的愛國民主運動。二十日晚關於徐帥聶帥對中國科技大學學生的答覆完全不足信。原因：一、電視上沒有任何兩位元帥答覆的畫面。二、鄧小平、李鵬等人，完全可以憑空捏造，衆所周知，欺騙和愚弄，是他們慣用的技倆。

二、那麼爲什麼昨日晚會播放二帥的聲明呢？原因是鄧小平、李鵬政府目前對於極度緊張、虛弱的狀態，外地的軍隊隨時準備策反。爲了保住北京、穩住北京，他們不惜捏造謠言，利用徐帥和聶帥的威望來蒙騙人心。實際上，他們這樣做的結果絕對是適得其反。從昨日的新聞中我們可以看出，許多軍人是支持這次學生運動的。鄧、李僞政府並沒有完全控制全部軍隊，因此，現在只有學生、工人、市民再加上覺醒過來的士兵聯合起來，齊心協力，共同戰鬥的話，這場舉世注目的愛國民主運動一定絕取得最後的勝利！

北京師範大學絕食請願團・五月二十二日上午十時・於天安門廣場紀念碑北側

再告愛國同胞書

同志們！同胞們！

目前的形勢已經十分嚴峻，如果以李鵬爲首的一小撮繼續執迷不悟，將會導致真正的動亂，甚至造成軍閥混戰和民族分裂。

中國人民已經飽受專制之苦，鴉片戰爭以來，爲了建立一個自由、民主的中國，中國人民英勇奮鬥，前仆後繼。今天的愛國民主運動開闢了中國現代史上民主運動的最偉大的時代，人民已經看到了自由、民主的希望！

但是，如果這次運動失敗，中國人民又將回到反動腐朽的封建專制時代，這是全黨、全軍、全國各民族人民所絕對不能忍受的！

當代的中國學生，是炎黃子孫的驕傲，是民族的希望，他們已經和正在爲我們中華民族做出永載史冊的巨大貢獻！但是，以李鵬爲首的一小撮却爲了他們的私利，肆意摧殘學生、迫害知識分子，妄想撲滅民主、自由的火花，斷送中國人民的希望，這是我們誓死不能答應的！

爲此，我們呼籲：

1.首都各界聯合起來，利用一切方式，盡一切可能聲援學生、支持學生、幫助學生、保護學生！

2.首都人民、全國各階層一定要保持清醒和理智，組織糾察隊、救護隊，維護社會秩序，保證市場供應，幫助學生做好後勤服務工作，促進這場民主運動深入、持久地進行下去。

3.立即召開全國人民代表大會，行使人民賦予的權利，盡快罷免李鵬等人的一切職務，以穩定目前的局勢。

4.立即召開中國共產黨全國代表大會，永遠開除李鵬等一小撮的黨籍，選舉新的中央委員會，領導全黨、全軍、全國各民族人民加快政治體制和經濟體制改革，爲中國的民主、自由、富强和現代化而奮鬥！

5.軍隊是人民的軍隊，人民養育了軍隊，人民軍隊熱愛人民。各界人士要利用各種方式使軍隊了解目前時局的真相，不受蒙蔽。各界人士要盡一切可能與人民軍隊聯合起來，保護學生，保衛民主，捍衛自由，徹底挫敗李鵬等一小撮敗類的陰謀！

同志們！同胞們！這是最後的鬥爭，團結起來，行動起來，將這次愛國民主運動進行到底！

首都各界聯合會籌委會・五月二十二日

維護首都秩序

連日來，各地相繼發現一小撮扮成市民、學生的擾亂份子，他們四處散布謠言，製造事端，破壞這次學生運動，破壞這次全民的愛國運動，情節極爲惡劣。爲維護首都正常秩序，特作如下建議：

1.市民、學生應時刻注意可疑的人，並檢查其證件——人民是首都的主人，有權這樣做。

2.非北京聯合會及其所關單位發布的一切消息，尤其是口頭傳聞，除了自己親身感受的東西外，大家都不要輕易相信，更不要進行傳播，以免上當受害。

我們學生自發動這次抄官倒、貪污的祖墳的運動以來，一直同偉大的首都人民站在一起，同全國人民站在一起。請各位父老兄弟們放心，我們會珍惜自己——因爲還有許多官僚沒得到懲罰，但我們決不後退。爲了國家，爲了人民，爲了黨，我們將戰鬥到底！

中國全體愛國學生．五月二十三日

叛黨、叛國、叛人民的僞政府

以李鵬爲首的一小撮人操縱的政府，爲什麼是叛黨、叛國、叛人民的？

1.陰謀推翻黨中央最高領袖趙紫陽，違背百分之九十九的黨員的意願，拒絕對話接受人民的批評，濫用兵權，致使首都局勢升級。嚴重破壞了黨在人民中的威信及黨内正常的生活和組織原則，已構成叛黨罪。

2.在國家形勢危急的時候，李鵬身居高位，不想救國，反而網羅走狗，趁機篡黨奪權，並企圖以暴力來解決這次愛國運動中提出的愛國要求，最嚴重地損害了國家利益。對外貿易受到嚴重影響，叛國之罪非李莫屬。

3.只要稍微側耳，到處都可聞人民罵李之聲，爲中國被這個愚蠢、没人性的傢伙左右而痛心疾首。

叛黨、叛國、叛人民，這是黨，是祖國，是人民對這個僞政府的判決。

現在我們的奮鬥目標是什麼？先讓李鵬下台，在同真正的人民政府對話。李不下台，我們決不對話，決不讓步。我們不會辜負首都、全國父老兄弟的厚望。

中國全體愛國學生・五月二十三日

讓我們萬衆一心*

市民們，工人、農民、幹部們，知識分子們，解放軍官兵們：

我們前面的運動是一場偉大的愛國民主運動，我們反對的只是少數專制腐敗的官僚，我們爲之奮鬥的是我們每個人的根本權利——民主權利。

民主權利是每個公民生來就有的、不可剝奪的社會權利，這就是每個公民有發表自己的見解，參與制定政策、法律，選舉和罷免國家幹部，監督他們的工作及各項政策實施的權力。同時每個公民有保衞自己的這一權利，尊重他人和全體人民同樣權利的責任。這權利是我們成爲共和國的主人，擺脫專制的壓迫與威脅的唯一基礎。而現在，廢除少數幾個人說了算的專制制度，建立人民說了算的真正民主制度的時機到了。我們千萬不能放過這個機會。

你想讓腐敗的官僚下臺嗎？你想讓官倒吐出他們吸進的人民的血汗嗎？你想在制止漲價、提高工資方面有權維護自己的利益嗎？你想永遠擺脫政治迫害的陰影嗎？那就參加這次鬥爭吧！民主是每個公民的事。只有大家齊心合力，才能廢除少數人左右全體人民，隨便可以命令一部分人民鎮壓另一部分人民的政治體制。難道我們還希望我們的子孫生活在這種人民代表大會只是個空架子，連共產黨的總書記也不能保護自己的政治體制之下嗎？

我們這次民主運動已經得到了全世界人民的關心、同情、欽佩和支持。市民們，工人、農民，幹部們，知識分子們，解放軍官兵們，我們不能再觀望了。放棄自己的權利，意味著永遠做奴隸。在我們面前是你我的前途，國家的前途，子孫後代的前途。讓我們萬衆一心，爲成爲國家的真正主人而奮鬥吧！

五月二十三日

動員令

五月二十日李鵬戒嚴令的發佈，標誌著共和國歷史上最黑暗時刻的來臨。李鵬等人置人民大衆的呼聲於不顧，悍然調集重兵進入北京，妄圖鎮壓由愛國學生發起，廣大人民羣衆參加的愛國民主運動，妄圖以此來穩固他們的獨裁統治。

幾十萬軍隊，人民就會屈服了嗎？

請看看各進京路口被堵截的軍車吧！請看看天安門廣場爲學生送水送飯的車水馬龍吧！請看看徹夜不眠守候在廣場周圍保護學生的人羣吧！請看看中央電視台播音員那低垂的眼睛吧！

人民沒有屈服，他們不但在默默地反抗，而且在等待著最後大爆發的時刻。

北京是人民的北京，決不允許獨裁踐踏！北京是人民的北京，決不允許軍隊來蹂躪！

必須廢除戒嚴令，必須撤銷李鵬黨內外一切職務！

市民同胞們，知識分子、工人、農民、解放軍、學生們，一切熱愛民主自由的朋友們，今天下午全市大遊行，是我們又一次爆發，讓我們行動起來，參加到這個行列，參加到這維護首都北京尊嚴的戰鬥中，參加到這民主與獨裁，光明與黑暗大決戰中來！

自由引導人民！

北京師範大學・五月二十三日

目前形式及任務

聲勢浩大的學生民主愛國運動，不僅得到社會各界的廣泛支持，而且已發展成爲全社會的爭取民主、自由、人權的羣衆運動。同時，還得到國外政府和輿論的廣泛支持。上海、天津、廣州、西安、武漢等十九個省、市區的廣大羣衆積極聲援，踴躍參加。美、英、加等國的中國留學生及香港、臺灣的羣衆也進行了遊行示威等方式的聲援活動，美、英、法等國政府都對李鵬等人的行徑深表遺憾。美國政府正在考慮對中國政府實行經濟制裁。總之，民衆爭取民主、自由，要求推進改革的愛國運動已成燎原之火，勢不可擋。李鵬等人已成爲孤家寡人。但是，爲了維護其封建專制統治，他們仍在負隅頑抗，竟敢冒天下之大不諱，公然違反憲法，調動軍隊，動用飛機、坦克和裝甲車，宣布在北京市部份地區實行戒嚴；對外地羣衆封鎖消息，實行政治欺騙；派遣便衣散佈聳人聽聞的謠言，煽動羣衆，企圖製造事端和混亂，同時，還在羣衆中進行消磨鬥志、瓦解組織的卑鄙活動。廣大學生和羣衆在一個多月中，冒著生命危險，頂著來自各方面的壓力和誤會，忍受飢餓、酷暑和困乏，仍進行著異常艱鉅困難的鬥爭。在此嚴峻的形勢下，在是要民主自由，還是要封建專制的緊要關頭，我們的任務應該是：

1.徹底打破戒嚴，强烈反對在北京部分地區實行軍事管制。

2.軍隊是人民的子弟兵，其宗旨是全心全意爲人民服務，其任務是保衛國防，而不應是鎮壓人民羣衆的民主愛國運動。因此，要爭取軍隊，希望不要有鎮壓人民的鄙劣行徑，至少要爭取他們保持中立。

3.呼籲社會各界强烈要求儘快召開人大特別會議，罷免以李鵬爲首的欺世篡權分子，並在民主和法制的軌道上解決當前的其他主要問題。

4.在當前非常複雜的形勢下，一定要保持清醒的頭腦，精誠團結，堅持不懈，嚴防一小撮壞人尤其是便衣的破壞和搗亂，更要嚴防制止打、砸、搶、燒等違法行爲。

北師大學生自治會．五月二十三日

我們在幹什麽

我們絕食。幾千名大學生願以青春的生命換來一個真正民主、改革、奮進的中國。爲了中國的興盛，青年學子向大大小小的官僚及目前腐敗無能的政府發出了死諫。我們要用頭顱撞響警鐘。

我們聲援。數以百計的首都各界人民用幾十萬大學生及高等院校教職工一起走上街頭，聲援愛國學生的正義行爲。我們痛斥政府的殘無人道，我們喊出了讓某些與人民爲敵的領導人下台的口號。中國的民主潮流以學生的民主運動爲前奏，以迅雷不及掩耳之勢迅速高漲。全體民衆都清醒過來，我們要民主、要自由、反專制、反獨裁，我們在爭取幾千年來中國人從來不曾享有的權利。我們是國家的主人。

我們宣傳。政府採取流氓手段，千方百計鎮壓學生運動。先是窮凶極惡地發表社論，定性爲「動亂」，企圖嚇倒熱血青年，繼而裝腔作勢，稱「發生了一些混亂」，並召集一批多爲政府傀儡的學生幹部進行「對話」，企圖欺騙人民、蒙混過關。當廣大青年學生和人民羣衆以實際行動表明了自己決不上當、決不妥協的意志時，政府終於凶相畢露，在五月十九日晚召開的黨政軍幹部大會上，一直怯懦無能的李鵬，突然氣焰囂張、殺氣騰騰，宣布要派軍隊管制北京。

然而，李鵬、楊尚昆窮凶極惡的「戒嚴令」並沒有嚇住首都的學生和人民，直升飛機的猙獰低旋反而激起了百萬學生、市民、工人及廣大機關、部隊有良心人們的强烈憤怒和譴責。學生、市民、工人團結一心，採取各種方法阻止和瓦解從各個方向向北京城撲來的軍隊，使「戒嚴令」發布四天之後仍未能實施。我們將不懈的堅持下去，直至李鵬政府徹底垮台。

我們在堅守廣場。她應該成爲中華民族追求民主、自由、興旺的象徵。我們將永遠爭下去，爲了苦難民族的生存與興旺，爲共和國的形象，爲了民主、自由、正義與真理，我們將不屈不撓地長期戰鬥下去。勝利是屬於我們的。

北京師範大學學生自治會・五月二十三日

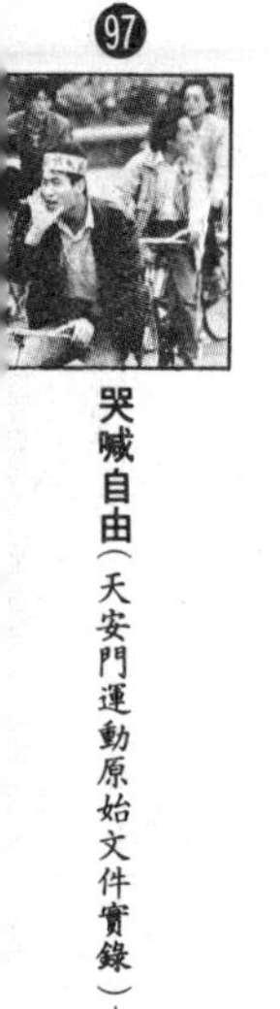

關於這次民主愛國運動直接意義的思考

北京的市民們，親愛的大學生們：

我以一個共產黨員和工會幹部的名義，感謝你們用自己的熱血爲中國的政治民主化，掀開了光輝的一頁。這些天，我的血一直伴隨着你們一起沸騰，同時又由於暫時不可能加入到你們的行列中，而有可能更冷靜地思考一些問題。

這次運動若能取得勝利，它將具有這樣幾個直接意義：

1.觸動了我黨取得政權以後已逐步形成的特權階層，他們手中的權力可以使他們隨時得到想得到的一切，從而滿足他們日益膨脹的私慾。由於特權陰謀盤根交錯，「既得利益關係」，使他們可以官官相護，這也是大家所關心的「爲什麼中央提出反對官倒八個月無進展」的根本原因。也是這次民主運動遇到如此大的困難的原因。這次運動所付出的一切代價，也將是我黨推進政治體制改革無法避免的巨大的陣痛。從這個意義上說爲了加快我國政治體制改革，只要能觸動這個陰謀，並動搖它的封建，付出這樣的代價是值得的。而你們正是最勇敢、最理智的實踐者。

2.這次運動終把我國的政治民主化進程大大地推進一步。廣大北京市民公開地參政、議政的意識遠比「反腐敗、反官倒」口號的力量强得多。北京市民這五週來表現出的高漲的政治熱情，說明了人民政治意識的覺醒。他們積極參加了這場運動。並使一個據稱是「對人民負責」的政府宣布的一項極其嚴肅的「戒嚴令」至今無法實施，甚至在北京街頭見不到一張「戒嚴令」的公告（很遺憾），作爲一名黨員，我到現在只聽說而未見到「戒嚴令」實屬空前絕後，世界僅有。

只有人民參政，人民才能成其爲國家的主人。

3.民主運動的勝利將帶來全國人民的大團結，無法估量的力量。多少次幾十萬、上百萬人的集會遊行，沒有出現任何打砸搶燒，甚至沒有任何混亂，組織紀律良好、秩序之好，令人嘆爲觀止。市民們從來沒有像今天這樣互相幫助、親善友好，過去比比皆是的動不動就吵架的被外地人稱之爲「北京特產」的現象幾乎看不見了；任何一點違法的觸犯公共利益的行爲都遭到阻止和斥責。曾幾何時，罪犯無法無天，羣衆敢怒不敢言；治安日趨惡化使人民沒有安全感。而在這次行動中，治安情況却非常良好。人民的團結正是黨所企盼的。這是社會的巨大進步！

4.這次運動的勝利還將大大地推進中國共產黨的民主化。大家想想建國後的幾位總書記的命運吧。八大的總書記鄧小平在文革中爲第二號「走資派」，幾至沒落。是人民用自己的熱血和力量幫助他重新走上領導人的地位。第二位就是我們爲之痛哭的耀邦同志。他是在一次不按黨章程序辦理的情況下被迫辭職的，這種明明是踐踏黨內民主生活的總是一次又一次地被冠爲什麼「嚴重的政治鬥爭」。老百姓實在討厭高層的權力鬥爭。老百姓希望能看到黨的公開的意見爭論和討論。當處理重大問題爭論較大時，黨委會則可擴大到中央全會，乃至代表會議。現在却往往是以所謂「擴大的」常委會或政治局會議非常委的或非政治局的人表態，施加壓力，這正常嗎？而這種在不正常情況下作出的決定又是要強加到廣大黨員身上乃至全體公民身上，黨員和公民的分析、思考、判斷的權力都被剝奪了，剩下的只是無條件地

保持一致，這針對黨心和民意的强姦再也不能忍了。

5.將使新聞自由取得偉大的突破。新聞界在五月十五日至十九日幾天內不斷突破，太令人振奮了，這兒是我黨新聞史上最光明的時刻，我們爭先恐後的看「人民日報」、「中國青年報」、「科技日報」、「工人日報」……，人們時時刻刻地拿着半導體聽中央電台的新聞，而不必借助「美國之音」出口轉內銷。可以説沒有這幾天的新聞就沒有二十日後對「戒嚴令」的成功阻止。尤其令人感動的是，在二十日以後黑雲壓城的高壓下，新聞界的同志們，尤其是「人民日報」、「新華社」、「中央電視台」、「中央人民廣播電台」的編輯、記者、工作人員以極其巨大的勇氣和令人叫絕的藝術，使被封鎖的消息不被封鎖，使憂慮著的人民悟到了光明。

我相信一旦新聞有了真正的自由，能夠負責地、公開地批評或評價黨和國家領導人和各級幹部的所做所爲時，官倒和腐敗及他們的特權階層再也沒有藏身之處了，在中國這樣一個一黨執政的國家裏人民就能通過輿論來監督政府，使得中國共產黨保持一種永不衰竭的戰鬥力。這樣，中國共產黨才有希望，中國的現代化才有希望。

6.這次運動的勝利還將帶來法制的更加完善，在中國大地上權大於法、一人淩駕于憲法之上的污垢將被冲到太平洋裏去。我們呼籲法制呼喚了多少年，却有了也會在一夜之間被某個人的頭腦發暈而肆意踐踏。有法不依的總是那些有特權的人，這種現象能夠繼續下去嗎？

當然，這場運動的意識還不止這些，其深遠意義將是歷史性、世界性的。很顯然，要達到我們的目的，需要我們鍥而不捨，百折不撓，勇往直前。可以想像，一旦遇挫，我們得到的只能是相反的結果，人民將遭難，歷史將倒退幾十年。

不論在何種情況下，我將永遠同你們一起爲中國的社會主義現代化建設而奮鬥。

再一次向你們致以共產黨員和工作者的崇高敬禮！

歷史將永遠記住你們，世界將永遠尊敬你們，勝利將永遠屬於人民而不屬於特權者！

一個暫時無法寫上姓名的忠誠的朋友·五月二十三日《北大傳單》

告同學書

同學們，我們現在正面臨著一個迫切而又嚴峻的選擇，這不但關係到我們每一個學生的生命，更重要的是它關係到我們這耗時一個月，歷盡千辛萬苦的運動的命運。首先要請諸位必須意識到，我們之所以能堅持到現在，全倚仗北京市所有的市民的擁護，更大範圍的説，全倚仗全國各地的學生們、知識界、工人、市民、農民及港澳所有愛國同胞，乃至黨政軍界中有識之士的堅定支持。沒有人民的支持，我們是絕對不能支持到今天的。所以，我們現已絕不僅僅是代表着我們自己，那樣想是既狹隘又危險的。我們代表着全中國人民，我們身後有全中國人民。我們運動的最終理想，是要使我們的中國成爲一個人人充分享有民主權力，充分得到憲法賦予我們的言論、結社、遊行等一切自由，以及新聞出版自由，建立一個有由法律主持公正，有真正代表人民利益並有能力與全中國人民進行偉大政革建設的領導者的共和國。所以説，同學們，現在這已不再是一場學生運動，現在實際上已演變成爲由學生作先鋒的全體中國人民的推進政治體制改革的偉大運動，不認識到這一點，我們迄今爲止所付出的一切代價就必然會付諸東流。是的，我們强烈要求李鵬等人下台，但這決不是我們最終的目標，我們一定要有更加遠大的目光。因此，我們一定要誓死捍衛我們已取得的成果，誓死捍衛我們的最終理想，誓死捍衛我們的這場偉大運動。我們不能退縮，同學們，我們絕不能退縮，如果有幸爲我們的理想而流血，那麼我們的鮮血將必然會使全中國乃至全世界更加理解這場運動的偉大意義，更加會給我們以更大的支持。同學們，我們

一定要戰鬥到底，不惜用我們的鮮血喚起中華之真正崛起。那些極個別反人民反社會進步的分子胆敢向我們施淫威的話，那麼血債一定要用血來償還。

人民必勝！

我們的理想一定能實現！

清華大學宣傳組・五月二十三日

悲劇何時了

中國最大悲劇的根源在於權力過份集中，而權力集中的根本保證就是對軍隊的殊死控制，這種根源概而言之，就是强權、專制，有才能的領袖靠自己的聰明才智治國安邦，怯懦無能者靠强權、專制來支撐自己虛弱的外殼。今日之李鵬就是一個無能的政治傀儡，外强而中乾，李鵬政府之所以危而不倒，其根本原因就在於軍隊、警察成了一小撮人的御用工具。所謂人民的軍隊現在已經名存實亡，這就是動亂的根源，這就是一小撮人能夠翻手爲雲，覆手爲雨的資本。李鵬政府三番五次强調它是人民的政府，那麼現在全國人民一致高呼「李鵬下台」，李鵬政府應順應歷史潮流，知耻勇退，苦海無邊，回頭是岸，如若執迷不悟，倚仗强權和暴力，敢與人民違抗到底，李鵬及其走卒們必將成爲人民所不齒的狗屎堆。現在李鵬已身置覆卵而不知，倚仗暴力，拒不下台，這就要求各界緊急行動起來，向軍隊做艱苦的勸導工作，曉以大義，相信人民養育的軍隊必定會以國家和民族的利益爲重，堅定地站在廣大人民的立場上，堅決地及時並制止軍管北京的陰謀，只有軍隊真正收歸國有、歸人民指揮，而不是像現在那樣被少數人掌握在手中，才能從根本上打斷李鵬等一小撮製造動亂者的脊梁，才能從根本上消除中國近代百年來動盪不定的局面，真正走向馬克思恩格斯所嚮往，千百年來人類爲之奮鬥不息的大同世界。

中國悲劇的根源到了非剷除不可的時刻了！

警醒吧！中華民族！

我們發起這場中國歷史上最大的愛國民主運動的原因是

1.中國三千年封建專制至今不倒，政府中有的人一手遮天，有的人一心保官，或者因封建裙帶關係官官相護，或者只顧爭權奪利，不顧國家和人民的利益，十億人竟然不能抵一人，這是中國的悲劇，這是世界的奇蹟。

2.爲對意識形態的控制和內幕醜聞的遮人耳目。極少數人控制的政府實行新聞封鎖，他們任意強姦民意，搞愚民政策，新聞失去了監督作用，致使腐敗現象愈演愈烈。

3.由於法制不健全，立法、司法和行政權利三權沒分開，貪官可以爲所欲爲，法律爲己所用，刑不上大夫，使得政府政治腐化，官倒橫行。

4.政府中的一些人治國無方，屢屢失誤，建國四十年，整人四千萬，現在國家成爲試驗品，經濟上頻頻告急，物價飛漲。

5.我國是世界上最窮的國家之一，財政收入很低，又負債纍纍，官僚們却吃喝成風，大建樓堂館所，大買豪華驕車，難怪無錢辦教育。我國教育經費佔國民經濟總產值的比例遠低於世界平均值。「窮教

授」、「儍博士」爲中國特產。建國以來共掃盲一・五億，可近年新增文盲兩億多。中國的科學和教育事業面臨全面危機，這「立國之本」搖搖欲墜。

同胞！不民主則亡，不改革則亡，倒退則亡，在這生死存亡的大搏鬥，讓我們團結起來，共救中國。我們這次民主運動的最高目標是實現初步的民主政治（人民參與、民主監督、民主選舉、立法、司法和行政三權分離。遊行、集會、結社自由、新聞自由）其中突破口是新聞自由。最低目標是：李鵬下台。

李鵬製造動亂，目的是以軍人要挾人民，排除異己。

只要沒有李鵬，天下立即太平。

《北大傳單》

召開人大非常會議，人民作主進行裁決

——告全國公民書

公民們：

願，我們請了，行，我們遊了！

最高決策及其御用政府又如何呢？——我們的學生危在旦夕，他們却高高在上，熟視無睹！中國人民憂心如焚，他們却殘酷地沉默而殺機暗藏。

我們請願，我們建議，我們呼籲，我們懇求，我們哀告……作爲公民，凡能做到的我們都已經做到了，然而效果如何？我們已有目共睹！我們再也不能忍耐了。

對這樣的權威，如此的政府，我們還能依靠，還可相信嗎？不！我們要挺直腰桿，做國家真正的主人！

他們用高傲冷漠的態度舉起民主與法制的大旗，放出「冷靜、理智、克制、秩序」的烟霧，一味單方面要求人民就範，難道他們真是民主與法制的代言人嗎？——大謬不然！相反，他們的存在，就是我們當前最明顯最巨大的背離民主、踐踏民主法制的體現！

且看，對國計民生負最大責任的總理李鵬的就職合法嗎？他根本不是憑藉本身的才能與切實的政績

獲得這至關重要職務的！其上任以來，尤其是近一月以來，他的平庸、懦弱、無能的表現就是明證。鄧小平以軍委主席名份，却成爲全國最高的唯一決策人物，這合法嗎？凌駕於黨、政府和人大之上，頤指氣使，無所顧忌，臣民官僚，無不諾諾唯唯，這同樣是不合法的明證！就是在黨內又何談民主與法制之有，胡耀邦的下台，趙紫陽的下台，根本不經黨員羣衆甚至代表大會的表決，而完全秉承太上皇的聖旨，這難道不是最有利的明證！而由這些不合法的人組成的當前統治集團，又有何資格，又有何面目在人民面前大談民主與法制！

今日國中政體，猶如爛根老樹，其內在腐氣霉素，已經侵蝕民衆肌膚，危害國家靈魂！當前，挫折頻生，困頓相繼，於無可奈何之時，他們不再高唱選作編排的「大好形象」，故以國事艱難，要求民衆勒緊褲帶，與他們共渡險灘。但同時，他們却紙醉金迷，貪贓枉法。如此共全國人民之產爲權貴揮霍，令廣大民衆代爲受過，倍償國窮。這樣的「共產主義」戰士，這樣的「無產階級革命家」，我們不要！不要！絕對不要！

他們必須承擔失職所應負的責任！必須向全國人民真誠謝罪！他們之中，蠻橫獨裁者，昏庸無能者，見風轉舵者，唯唯諾諾者，苟苟營營者，必須馬上辭職。此時此刻我們不能再懇求哀告，而耽誤時間，當務之急是行動起來，行使人民的權利，在法制基礎上，對國家要政，進行主人公的裁決，爲此我們大聲呼籲！儘快召開人民代表大會非常會議！立即進行在民主與法制軌道上的選舉，選出人民真正的公僕，使他們在全國人民嚴密有效的監督下，不折不扣遵循憲法、貫徹憲法、確保憲法的神聖。

只有這樣，多種弊端，困難之根源，才能徹底消除！

只有這樣，中國才能產生歷史性的世界級國家！

只有這樣，由自己人民組成的社會才會成爲有强大生命力的健康社會。

公民們，山雨欲來，□人已起，雷霆震怒，大河奔流，遍視國中，豈再容寡頭主宰，展照神州，必將是人民天下！

行動起來！

挽救我們的中國！

發展學運莫忘初衷

我們的學生運動是自由、民主的啟蒙運動，所以它必然需要一個較長過程。中國的問題不是靠某個人就能解決的，過去我們靠「舵手」，後來我們又靠「舵爺」，現在看來都靠不住了，即使讓李四下台，換了張三。他最初也許幹蠻好，然而這僅僅是平衡了我們的心理。他幹了幾年之後，再發現他也不過爾爾，那是著實可怕的呀！這種改朝換代成的輪迴中，再也不能容忍了。客觀的環境可以改變主觀的人，一個好的制度的存在，可以避免暴君的一意孤行，而制度的不完善又可以使明君變成昏庸（爲他們所擁有的權力所腐蝕）。所以根本問題不在於明君或是一個包青天，而在於體制，因此我們應著眼於民主自由觀念的傳播，著眼於法制的健全，著眼於體制的完善。這樣，我們的運動才是真正的自由民主啟蒙運動。如果一味地以打倒某個領導人爲目的而不去啟廸民衆，喚醒其民主意識、參與意識，進而完善國家體制，那麼學運既不能長久發展下去，還極有可能僅僅是政客們爭權奪利的工具。

順民者昌

逆民者亡

得民心者得天下

失民心者

絕沒有好下場

——清華人

對時局的宣言

我們偉大的學生愛國民主運動經過蓬勃的發展，已經轉化爲以青年學生和知識分子爲核心的全民族的愛國救亡民主運動，是當前世界民主潮流的一個主要組成部分。當前我們主要矛盾是全國人民同黨內一小撮妄圖開歷史倒車的人之間的矛盾，經過艱苦卓絕的努力，人民顯示了不少戰勝的偉大力量，極大地振奮了全國，震撼了世界！中國歷史從此翻開了新的一頁。

1.以李鵬爲代表的一小撮人公然與人民爲敵，自絕於人民，走向了歷史的反面，已成爲中華民族的敵人。

2.愛國救亡民主運動的直接成果應以黨內一小撮被清除爲標誌。對黨的自我調整更新能力，我們寄予希望，並表示相信。

3.一切反動派都是紙老虎。李鵬政府即使能一時得逞，但最終勝利必屬於人民！我們應團結一切可以團結的力量，敦促盡快召開人大及中央非常會議，結束老人政治，拋棄無能政府。

4.有計劃分步驟地徹底清算中央及地方的死靈魂，仍是一場艱巨的任務，有待乎全國人民的繼續努力。

5.我們要堅持民主、自由、人權、法制四項基本原則。

6.此次學運揭開了民主政治的序幕，但要全面地開創民主政治的新局面，仍要由全國人民和各黨派一道去推動和完成。我們可以樂觀地預言，有可能在兩三年內奠定政治民主化新格局的基礎。

7.「首都知識分子聯合會」的成立和「五、一六宣言」的發表具有歷史性的意義。「皮毛理論」從此成爲歷史，知識分子將以一個獨立的姿態登上歷史舞台。

我們强烈呼籲：

工、農、知、商、兵、各黨派、團體，以及各界人士團結起來，同心同德，推進民主化過程，和平奮鬥救中國。

民主萬歲！共和國萬歲！

我們今後的行動

1.建議組織小分隊，以各系爲單位走向社會、工廠，要求立即召開人大會。

2.反對李鵬講話，要求李鵬辭職。

3.盡力團結軍隊，切記避免衝突，讓市民知道廣大戰士內心是支持我們的。

4.明顯標誌，注意保護。

5.學生運動是這次偉大的愛國民主運動的先導和一部分，它已發展爲全國各界愛國民主運動，因此緊急呼籲各界愛國人士緊密團結，統一領導、宣傳和行動，堅決鬥爭到底，同時又需保持理智、秩序、避免真正動亂的發生。

我們要堅持

1.各地學生運動風起雲湧，方興未艾。
2.李政府經不起拖延，每拖一天，便是對他們的一次打擊。
3.國際聲援日甚一日，李政府的形象被越來越多的人揭露出來。
4.人民同情我們，我們也要理解羣衆，不能鬆懈，避免使羣衆的熱情受到打擊。
5.李政府派系鬥爭嚴重，堅持一天，就能加速其分化。

北京高校學生自治會聯合會嚴正聲明

北京高校學生愛國民主運動已經轉變爲全民愛國民主運動，一個多月來，這場偉大的運動得到了首都和全國各階層人民以及世界愛好民主爲自由的人民的廣泛聲援和支持，這是中國歷史上空前的壯舉，是世界民主運動史上的奇觀，無數最優秀的中華兒女爲了民主和自由不惜付出熱血、青春和生命。然而，李鵬逆世界民主潮流而動，依靠各種卑鄙惡劣的手段，陰謀策劃，準備對這場運動進行血腥鎮壓，並以此爲契機，陰謀發動反革命政變。

早在四月二十二日，和平請願的學生代表長跪在人民大會堂台階上長達三十分鐘之久，要求李鵬接受請願書，李鵬却以「心情悲痛」爲由拒不接見學生代表。

五月十八日，李鵬會見絕食請願團代表時聲稱，「黨和政府從來也沒有說過學生運動是動亂」，然而僅一天過後，他在北京的黨政軍幹部大會上就誣衊學生運動是一場比文化大革命更嚴重的動亂，並調動軍隊，宣布對北京實行戒嚴。

十年改革最大的失誤是教育，然而長期負責教育工作的李鵬不僅未承担任何責任，反而憑借裙帶關係，竊據了國務院總理的職位。

李鵬上任總理開始，立即打出改革的旗號反改革，以治理整頓爲名，行逆轉改革之實，把整個經濟體制改革拉回到集中的行政管理舊體制中去，李鵬政策的核心和實質是在搞倒退。

一個多月來，特別是近些天的事實表明，真正在北京製造動亂的正是李鵬。李爲了鎮壓愛國民主運動，一方面大扣帽子，誣衊首都人民和青年學生是在「動亂」；另一方面大打棍子，調入大量部隊兵臨城下。他揚言軍隊不是用來對付學生，而是恢復首都正常秩序。但是，北京秩序井然，交通事故、刑事犯罪率，火災報導大幅度下降。數十萬部隊還有坦克、裝甲車維持所謂的「秩序」，這純屬欺人之談，李顯然在軍事政變。

李鵬調兵進京，把人民政府放到人民的對立面，他破壞人民解放軍爲人民服務的宗旨，他中斷城市的公共交通，斷絕正常的物資供應，製造事端，妄圖把罪名加到學生身上，他對重要的新聞機構實行軍管，搞新聞封鎖，輿論欺騙，實行愚民統治；他强調組織所謂羣衆糾察隊，工人糾察隊挑起人民反人民。李鵬的所作所爲，其真實的目的是要北京製造一場真正的動亂，以便亂中奪取黨和國家最高權力。李鵬的醜惡行徑已經激起了首都人民和全國人民的極大憤慨和强烈聲討，鑒於上述事實，北京高校學生自治會向中共中央、國務院、全國人大嚴正聲明如下：

1.李鵬已暴露出他反黨反人民的真面目，應立即召開人大緊急會議，堅決罷免李鵬，立即召開黨中央會議，消除李鵬死黨，李鵬本人準備接受人民的審判。

2.立即取消戒嚴令，撤出進入北京的部隊，以粉碎李鵬反革命政變的陰謀，首都是人民的首都，人民首都由人民管理。

3.在「動亂」的帽子越扣越大的情況下，廣大人民和青年學生已經忍無可忍，北京高校學生自治聯合會，爲了保護人民的利益，進一步推動愛國民主運動，在適當時候舉行包括北京在內的全國性的更大

規模的絕食鬥爭，直至最後的勝利。

全國人民團結起來，旗幟鮮明地反對李鵬，反對鬥爭，反對軍管、粉碎軍事政變，這是當前的首要任務！

五月二十四日《北師大印發》

（本聲明交中共中央、國務院、人大常會、抄送全國政協，散發全國各地各階層和各黨派）

學生運動回答錄

問：爲何發起此次學生運動？

答：此次運動是以大學生爲主體的全社會參與的民主運動，是人民在極度集權統治下的追求民主、自由的第一聲長鳴，是多少年來累積的情緒的綜合爆發。

問：共產黨執政後給人民自由了嗎？

答：否。國民黨統治時期腐敗是事實，但由於與西方民主自由思想接觸多，許多知識分子可以利用自由、平等、博愛指導自己，而共產黨執政後，民主似乎窒息，今天的運動同樣是對於開放後西方民主啟蒙結果。

問：政府中某些人爲何一拖再拖？

答：這是蓄謀的動亂，他們有意激起矛盾，設想以動亂之托，靠軍隊實行恐怖，但軍隊是人民的軍隊。有幾點是實施獨裁與專制的人不可預料到的。

①運動如此之快，②運動人員們如此之堅決勇敢，③人民羣衆參與的激情如此高，如此具有鬥爭的藝術性。

問：北京市民何以如此迅猛地阻撓軍隊？

答：中華民族是有凝聚力、戰鬥力的民族。學生絕食空前喚起了民衆的覺醒、同情和鬥爭，而調軍隊更使他們明白了當今政府中某些人嘴臉，使他們感到大難臨頭有點當亡國奴的味道，因此可以說這再一次「救亡壓倒一切！」

問：部隊最終會進軍嗎？

答：種種跡象表明：軍隊最終會進來，①不流血進不來，②一旦流血事態將擴大。

問：學生如何看待自身？

答：學生領導的運動已達到某種極限，從此將由急先鋒的領導轉變成助手地位。因爲運動已改變成全民族運動，從此將由長鬍子知識分子領導，而學生內部出現領導分歧也是很正常。但學生的急先鋒作用還能消弱。

問：如何對待人民解放軍？

答：雙方都在爭取人民解放軍，與解放軍轉好軍民之間關係，這一點學生幹得很漂亮。

問：當務之急是什麼？

答：當務之急不僅是揭露李鵬等人的陰謀詭計，同時更以鮮明旗幟把趙紫陽喚出來，作爲學生的政治代言人公開提出：還我總書記，這對趙紫陽沒有什麼大的壓力，同時羣衆有了頭腦加一籌碼，也可救趙紫陽。

問：如何看待胡公和趙紫陽這兩個犧牲品？

答：這反映了黨內生活極不正常，當了正式總書記，連一個普通公民的權力都沒有，神不知地在政壇消聲匿跡，連利用律師爲自己辯護的權力都沒有，這一點各方面都會引起反響。

問：學生現在該撤回嗎？

答：否。學生支持時間雖然有限，但支持一天就會推進其內部予盾一天（部隊一進來）他們□□□□爲天職，那麼在「動亂」幌子下，李鄧絕不會有任何手段，很簡單，當初日本□□□世界□□東亞共榮嗎？

問：趙紫陽的倒台是學生過錯嗎？

答：趙紫陽的倒台不是學生的過錯，政治永遠不能把責任推到學生身上，有好多機會，政府對某些人不接受。

問：如何看待人們對執政黨的感情？

答：現在人們已能從「□忠」走向「信任」，這才是正常的。

問：明智的政府如何看待人民的情緒？

答：老百姓有不滿可以渲洩出來，這是天賦人權（人民的不滿可以用來促進政治民主）同樣也可成爲洪水。現今政府有點把百姓逼到□□。

問：如何看待其他各階層，尤其□□□知識分子遊行？

答：歷次政治運動當中已把知識分子□得體無完膚，他們的民主自由之心已死去，而學生成爲他們的老師，喚醒他們的人格的生命和政治的情愫，從這一點看，支援學生的主觀□□是否明確一致？客觀上達到了超過「五四運動」的空前效果。

問：如何認識鄧小平？

答：鄧小平是軍人政治家，他作爲政治家可能，會不得已手軟，但作爲軍人決不手軟，即使手軟也不會

輕易改變自己的主張。

問：鄧小平思想體系如何？

答：鄧小平思想完全是實用思想，缺少毛澤東的理論□□。從其經濟論和「貓子政府」就可淋漓地表現出來。

問：政治家真正起的作用是什麼？

答：政治家最可怕的是有意領導社會其實政治家真正作用是去協調具有形形色色的思想和行爲的社會，民主自由思想是真正政治家所□□□□。社會各階層利益不平衡，需要有人去協調，□想領導就該如此，是領導型政治家所需之素質。

問：鄧小平的軍政才能如何？

答：鄧小平還不及毛澤東、周恩來這樣的政治家的風範，他的才能領導部隊可成爲骨幹，但從政不行，只配當助手，他無力爲中國設計出一幅藍圖。

問：如何看待中國現今的馬列主義？

答：馬克思主義是一種科學，科學是一種真理，而現今的馬克思主義却是披著其外衣的專制主義。

問：人民與黨的關係？

答：人民没有任何義務感謝政黨，因爲任何政黨都是在協調人們的思考，有些人生活的改善是作爲具體的人□動的產物，相反任何時期都應是政黨感謝人民而不是人民感謝政黨，記住：人民永遠不會滅亡！

問：如何認識學生運動的啓蒙作用？

答：這次學運的啓蒙是空前的事功，可以概括爲事半功倍（没有學生）老百姓無論如何不敢上書表達思想。追求民主是痛苦的，是需要付出一定的代價的，而這次學生的思想啓蒙作用的時間是較短的。

問：共產黨體系的癖病何在？

答：共產黨的鐵的紀律代替了民主自由，這是自身的癖病，共產黨一黨專制無法產生競爭，則無法使共產黨的思想及時更新和發展，可見現實的四千萬共產黨的追隨者，對於自己的黨的建設處於一種無爲狀態，具有信仰的黨票變成了實用的糧票。

北京師範大學中文系宣傳組．五月二十四日

致環衛工人的感謝信

環衛工人們：

你們辛苦了，從五月十三日開始的絕食靜坐，請願活動已經有十二天了，其間，你們不辭辛苦地打掃衛生，清運垃圾，噴灑藥劑，使得天安門廣場始終較爲乾淨，有效地防止了傳染病的發生和傳播，保護了廣大同學的身體健康，使這場愛國民主運動得以順利進行。爲此，我們北師大全體師生，對你們表示衷心的感謝和深深的敬意。此致

敬禮

北京師範大學學生自治會・五月二十四日

民心不可辱

自五月二十二日下午開始，北京市政府下令：由北京各大廠礦企業强制派人組成工人糾察隊，他們的任務是：

1.維護首都秩序。

2.拆除路障。

顯而易見，他們最根本的目的所在，就是掃清道路，讓部隊開進北京城，實行戒嚴！而李鵬政府嚴格控制的宣傳工具，就堂而皇之地向全國、全世界宣布：首都工人及市民讓出道路，熱烈歡迎解放軍進城。制止了「一小撮人」預謀操縱的活動，爲他們的黑暗統治和無理鎮壓蓋上一塊遮羞布！

這又是一個陰謀，一個愚蠢的陰謀，李鵬政府何其狡猾，何其毒辣！

但是他們大錯特錯了。現政府一而再，再而三地錯誤估計了人民的力量，正義的力量。請看看工人們的心聲。京紡一工人說：我們所謂的「工人糾察隊」是政府領導，用二十元錢和遮陽帽，用錢收買人心的技倆，我們被迫參加，否則會受到嚴厲罰處，但我們是有良心的，我們到達堵軍車的地方與學生們一起維護秩序，學生們開始還有些疑慮，但後來我們把軍帽送給學生，把錢也捐給學生，我們始終和學生活在一起，政府用錢是不能收買我們的。

據了解，許多單位都以人力不足等原因，盡力拒絕接受這一强烈的任務。每一個有良知的人都是不情願的，人民的眼睛是雪亮的，政府又企圖組織「農民糾察隊」，但農民是不容欺騙的，他們也站在學生一邊，紛紛去向戰士們講明真象，勸阻軍車進京。

政府爲什麼軟硬兼施，爲什麼物質利誘？因爲他們心虛！得道多助，失道寡助，這是不以少數人的意志爲轉移的真理。李鵬政府在一場宏大的羣衆性民主愛國運動的浪潮面前早已黔驢技窮。

民心不可辱！

五月二十四日《北大傳單》

是李鵬在製造動亂

據中央人民廣播電台介紹，五月份以來，北京地區的交通事故，火警及刑事發案率比以往都有所下降，人民生活穩定，商品供應充足，李鵬一伙胡謅的所謂「動亂」真不知道到底發生在何處。

從另一個方面講，近一段時間，北京一千萬人民，萬衆一心，衆志成城，互相協助，互相支持，互相諒解，緊密團結起來反對李鵬一伙的倒行逆施。人們感到似乎一下子彼此接近了，一下子振奮起來了，主人翁精神一下子重新恢復了，首都人民在與李鵬一伙的殊死鬥爭中顯出了極高的政治素養、覺悟了平和品格情操，他們不愧是偉大的公民，是中國的希望。

事實表明，恰恰是李鵬一伙在製造動亂，天上軍用直升飛機呼嘯，地上兵車、裝甲車及坦克裝載的大兵壓境，以致民心恐慌，被迫抵抗，爲此市民們正常的工作、生活作息時間被完全打亂，公交系統自「戒嚴令」發布時起也陷入癱瘓狀態，目前剛剛有所恢復。

被李鵬一伙騙來的解放軍部隊，不但遭到人們的阻擋，而且後勤供給緊張，給戰士們身心造成極大摧殘，同時給本來就緊張的北京市的各種生活供給造成了更大的壓力，因爲這幾十萬軍隊每天都要保證吃喝和原料補充。

就這樣，原來一個好端端的北京，被李鵬一伙野心家注入了「動亂」的因素，李鵬一伙爲了達到個

人的權力私慾，不惜以人們的重大損失爲代價，踩著人民的血跡往上爬，以李鵬爲代表的一小撮「動亂」製造者已經成了中華民族的千古罪人，終有一天，正義和良心要審判這一小撮罪人，把他們釘在歷史的恥辱柱上，我們相信，這一天已該爲時不遠了！

北大部分教師・五月二十四日《北大傳單》

告全國同胞書

同胞們：

自四月十五日前總書記胡耀邦逝世以來，中國大地上正發生著一場以北京青年學生爲先鋒的全民愛國民主運動，引起了國內外的極大關注。目前，這場運動正受到李鵬等一小撮反動勢力的阻撓，面臨著中途夭折的嚴重危機。同胞們，這場運動的成敗，關係著我們每個人的命運和前途，關係著中華民族的命運和前途！

這場運動的鬥爭目標是反腐敗、反專制、爭民主。當今中國，千瘡百孔，積弊叢生。政治上集權專制，當局者爲保住權利而結黨營私，人民參政的權利徒有虛名；思想上粗暴壓制新聞、言論自由，不惜公然撒謊欺騙人民，經濟上官倒橫行，通貨膨脹，反改革暗流泛起，政革嚴重受挫。正是廣大青年學生，在人民敢怒不敢言之時，以悼念胡耀邦同志爲契機，走上街頭大聲疾呼，並以自己的生命作爲代價，進行絕食鬥爭，以弱者僅有的武器——自殘，試圖喚起當局者的起碼良心，期求他們以全民利益爲重，堅持改革，推進民主，然而，當局都幹了些什麼呢？

四月二十日　爲悼念胡耀邦同志前往中南海送花圈的數百名學生，在新華門被北京市政府調集的數千名軍警血腥毆打。

四月二十二日　天安門廣場十數萬請願大學生的代表三人手擎請願書，在人民大會堂前台階上長跪四十分鐘，懇請李鵬出來接收，當時李及黨政領導人正在大會堂內參加追悼會，竟無一人理睬學生。

四月二十四日　「世界經濟報導」總編被撤，當日報紙被迫改版重出。新聞壓制升級。

四月二十五日　在聽取北京市個別領導人滙報之後，鄧小平講話，指學生運動爲「一場動亂」，並説「我們有三百萬軍隊」，「不要怕罵娘」，「不要怕國際上有人説」，「越軟越被動」。據此，四月二十六日人民日報發表社論「旗幟鮮明地反對動亂」，將學生運動定性爲反黨反社會主義的政治動亂。

四月二十七日　人民被激怒，十數萬大學生在人民的鼎力支持下，衝破軍警堵截，舉行空前規模的大遊行，喊出「爭民主」、「爭自由」、「反官倒」等口號，並要求中央立即開始公開、平等、真誠的對話。當局調入三十八軍入京，在廣場集結，以示恐嚇。

四月二十九日　袁木、何東昌等人與官方指定的學生代表「對話」，以奸滑、狡詐的言詞欺騙廣大人民，繼續指責學運是「動亂」。

五月四日　全國各大城市均爆發聲勢浩大的遊行示威，聲援「世界經濟導報」，呼喚民主和政治透明，趙紫陽提出要在民主與法制的軌道上解決問題，同學們則在宣布復課的同時，繼續要求對話。

五月十三日　政府當局一直拖延，毫無對話的誠意。部分學生憤然宣布在天安門廣場絕食，開始了驚天地、泣鬼神的壯烈鬥爭。

五月十八日　絕食第六天，絕食學生中有二千餘名昏倒，廣大學生陷入傳染病流行、終生致殘（失明、呆癡、喪失生育能力、各種慢性疾病）以及併發症猝死的危險之中。廣場上連日有數百萬各界人士進行遊行聲援。當日，李鵬與學生代表會面，迴避結束絕食的實質條件，並聲稱「無論是政府，還是黨中央，從來沒有說過廣大同學是在搞動亂。」

五月十九日　在趙紫陽同志到廣場看望絕食學生並發表講話之後。晚九時學生經研究決定停止絕食。而晚十時，李鵬召開黨政幹部大會，宣布學生運動是動亂。更有甚者，他們早已從四川、瀋陽、山西、河北調動了十餘萬軍隊，全副武裝，配有裝甲車、催淚瓦斯、高壓水龍頭，於午夜抵京郊。楊尚昆命令：「不惜任何代價，於十九日凌晨二點進入指定地點」。只是由於首都人民自發阻擋，部隊亦不願意與人民發生衝突，致使楊令落空。

五月二十日　李鵬發布戒嚴令，北京市政府令公共汽車停開。交通民警離崗，銀行關閉，製造「動亂」的口實，向學生轉嫁罪責。實際上，在學生的主動維護下，北京交通通暢，未發生任何打砸搶事件，社會秩序良好。

五月二十三日　自戒嚴日起人民始終抗議軍管，遊行規模聲勢浩大。當進京部隊明白他們不是「演習」，不是「救災」，更不是「拍電影」，而是來對付學生與人民遊行時，感到倍受侮辱。許多部隊表示要與人民站在一起，一些高級將領呼籲軍委：部隊不能向人民開槍、取消戒嚴令。

下午，首都各界百萬人冒傾盆大雨遊行，聲討李鵬爲首一小撮與人民爲敵，以流氓手段製造社會動亂，嫁禍於人民，以暴力手段取代以民主法制的和平方式解決事態，達到其篡取黨和國家最高權力的陰險與目的等一系列卑劣行徑，抗議對祖國的首都進行軍事管制破壞首都人民的和平生活，給人民造成嚴重的精神壓力。

在這場運動中，青年學生以合法手段提出合理要求，表現了高度的理智、冷靜和秩序，堅持以民主與法制的方式解決問題。事態之所以發展爲今天這種局面，完全是由於政府方面一再拖延、無視學生生

命、强姦民意、頑固堅持其錯誤立場所致。李鵬政府已完全失去了黨心、民心，成爲與人民對抗的民族敗類。如不立即阻止他們的倒行逆施，人民共和國將斷送在他們手中。

爲此，我們呼籲全國同胞們：

1.緊急行動起來，爲使中國人像真正的人一樣生活，爲拯救祖國於危難之中，堅決將這場偉大的愛國民主運動進行到底，不達目的，誓不罷休。

2.鑒於北京生產、生活、交通秩序處於正常狀態，北京根本無戒嚴的必要，呼籲立即取消戒嚴令，進京部隊迅速撤離。

3.敦促立即召開全國人大或人大常委緊急會議，對這場運動的性質作出肯定性的正確評價，否定「人民日報」四月二十六日社論。

4.鑒於李鵬在處理這場愛國民主運動中嚴重的瀆職違法行爲，建議撤消其黨內外一切職務，並改組本屆政府，以謝天下。

5.敦促政府實行新聞開禁，允許民間辦報，切實推行政治公開化，還政於民。

6.敦促政府繼續深化改革，人民將與政府共同承擔改革中遇到的困難。

同胞們，全民愛國民主運動的序幕已經拉開，它在中國歷史上是創世紀的，在世界歷史上則是當今民主潮流中引人矚目的一個支流，令全世界爲之驚歎叫好，它爲中國，爲中國人民在國際上樹立起一個重新充滿活力的，堅强自信的形象。

然而，民主化進程是漫長的，人民必須以冷峻的理智、久遠的韌性和堅强的意志投身其中。當每一個中國人都正氣凜然地舉起響錚錚的拳頭，專制王朝的最後堡壘將在人民的怒吼中化爲灰燼！

人民萬歲！

共和國萬歲！

首都大學生・北京農業大學自治會・五月二十四日

二十二日西倉庫事件眞相

下面是參加過衝突的一位士兵的敘述：

二十二日上午四個團的軍隊奉命開往西倉庫，即六里橋的老幹部公養所，最前面有五人騎自行車，六人乘公大客車消除道路上的障碍，中午時分，軍隊與學生和市民組成的阻攔隊伍對峙，經部隊領導人與一位劉姓的學生代表商談，達成協議，條件是部隊要在學生帶領下和監督下進入西倉庫進行修整，這期間大學生買了冰棍和汽水給士兵吃，士兵們爲了緩和氣氛，也買了冰棍等回送。下午，軍隊撇開學生向前進，這時學生們又圍成阻攔住他們前進，市民們排在學生身後，解放軍被困在中間，後强行開道，但並未打學生和市民，這時有石塊從附近飛來，士兵們一個接一個的受傷，爲此一頭戴鋼盔的士兵想抓住投石者，在與羣衆的衝突中，兩名士兵被圍攻，這時大學生衝進人羣救出一名重傷者。事後，這位鼻子嘴上均受傷，頭部縫了十針的戰士說，他非常感激大學生，沒有大學生的救助就沒有他了。

清華特派記者〇〇〇

二十三日沙□衝突

二十三日，軍隊在市民的衝擊下，强行通過一號區，並達到二號區目的地，不久約有一連左右的士兵手持皮帶，似乎在尋找挑起事端的「市民」，將北京化工學院的沈同學毒打，他的鼻子、嘴部傷勢不輕，在市民們幫助下將他送進了醫院，他聲稱這次事故應由士兵們負全責。

評論及呼籲：

(1)許多市民們近日來基於義憤上街阻止軍隊進城，在此我們大學生深表感激，爲了不給政府以口實，我們大學生呼籲廣大市民在勸阻士兵們時一定要保持理智和安靜，用近日的報紙和你們親身的感受教育他們。由於士兵們近期曾與外界隔絕了消息，可能對這次運動不理解，即使這樣也不能汚□、謾罵，這樣只會破壞軍民關係，做出讓親者痛，仇者快的事來，另外，對一小撮趁機搗亂的傢伙，應及時加以制止。

(2)當時這場民主運動又到了一個關鍵時刻。政府當局想用拖延的辦法使人民逐漸淡忘，好使自己高枕無憂，但是我們國家不是一伙官僚們役使的財產，它是我們人民的。國家的昌盛與我們每個人們前途休戚相關。誰也不會忘記5月17日百萬市民上街遊行那種羣情激昂，旗幟招展的壯烈場面！只要我們萬衆一心，衆志成城，形成一股全民的民主潮流，喚起中央的有識之士，採取順乎民意的措施。

市民們：讓我們團結一致，堅持到最後的勝利！

市民是對軍隊進城存有「疑慮」嗎？

近幾日，執行李鵬「戒嚴令」的軍隊，由於人民的阻擋及來自各方面的壓力，依然沒法進入北京城。有幾家官方報紙爲此解釋道：首都人民由於沒經歷過「軍管」，對此還不太習慣，並存有疑慮，害怕軍隊進來殺學生。

按這些報紙報導的邏輯，似乎一旦「疑慮」打消，首都人民就會歡迎軍隊入城，沒有半點「疑慮和猶豫」。

事實證明，首都人民旗幟鮮明地對軍隊入城，沒有半點疑慮和猶豫。

首都人民堅決反對李鵬的所謂「戒嚴令」，反對軍管。因爲這「戒嚴令」代表了一種極其卑鄙、落後的强權政治、獨裁政治模式，因爲這「戒嚴令」旨在扼殺中國的民主萌芽，妄圖以武力逼迫人民就範，服從李鵬那愚蠢、封建、專制式的統制；因爲這「戒嚴令」完全是李鵬一伙向人民施加淫威的藉口，北京人民完全有能力自治，北京本來太平無事，人們安居樂業，根本不存在什麼動亂，從而也不需什麼軍管。

二十世紀末期的北京人民絕不允許歷史的車輪倒退。人民已經懂得，要使中國真正得以發展，就必須把全民族集合在民主、自由、法制、人權的旗幟下，充分發揮每一個人的聰明才智限制權力，□□□□□□□□□□□□□□爲多數人的政治，形成一種生動活潑的政治文化局面。

歷史到了二十世紀末期，當世界大多數民族都敢於開拓進取，不斷創新，盡最大努力發展自己國家的時候，我們中國人還在爲起碼的民主權利而鬥爭，這怎麼能不讓首都人民對李鵬一伙的倒行逆施、動輒以武力威迫人民的流氓行徑感到義憤填膺呢，這怎麼能不喚起人民的勇氣和決心，爲保障自己的權利，爲了祖國不再遭受專制的摧殘而與李鵬一伙作殊死決戰呢？

任何人低估和輕視今天中國人民覺悟的人都將被人民所拋棄。

人民必勝！

北大部分教師・一九八九年五月廿五日

陳鼓應對目前局勢的聲明

我因心臟病住院多日，而未能參加這次浩大的愛國民主運動，政局演變到這種地步，令人心急如焚，特提出個人幾點意見：

一、學生的愛國民主運動已發展而為自發性的全民運動，民心所向要求廢除戒嚴與內閣改組，請李鵬先生以民意為重。

二、當局宣稱為維護社會治安，慎防「極少數別有用心的人」而頒布戒嚴。如果「別有用心的人」是極少數，那麼，只需派出五十名公安人員就足夠應付了，何必調動千軍萬馬，出動坦克和裝甲車輛，如此「如臨大敵」，是否別有它意?可見國務院宣布戒嚴實無必要，而且亦屬違法。連日來，滙集如此龐大的軍力，意圖對北京全市進行戒嚴，而沒有經過人大常委會的通過，這違反了憲法第六十七條和第八十條。台灣當局曾長期實施戒嚴，北京此舉，對台灣民心亦將造成莫大的心理負擔。

三、學生投身民主改革運動，是出於純真的理想，赤誠的信念，鑒於以往的學生運動常成為政治派系鬥爭的工具，我們呼籲同學的言行不宜過激，不可作人身攻擊，不要無限上綱，當保持以往冷靜的、有秩序的方式。

四、今晚在新聞聯播上看到軍方進駐電台及電視台。事實上，我們的新聞界已被「戒嚴」了三十多

年，目前的這種情況，勢必造成不良的國際形象。

希望在位諸君能多從國家民族利益出發，順應民心，收斂以個人利益爲目的的派系爭鬥。

陳鼓應．前台灣大學哲學系教授，現北京大學哲學系教授

五月廿五日．《北大傳單》

告奉命進京的中國人民解放軍全體官兵

——一個軍人妻子的話

我是一位老軍人的女兒，也是一個中年軍人的妻子，同時也是一位大學教師。現在，我們的學生正在天安門廣場，正在抗議已經喪心病狂的李鵬政府。據說你們開到北京郊區來了，想必你們已經看到千百萬的人民羣衆對待學生愛國民主運動的態度。如果說李鵬政府欺騙了你們，那麼人民羣衆將把真實情況告訴你們。人民羣衆的行動已經向全世界宣告：這次發生在北京的運動是偉大的愛國民主運動，這個運動已經得到了全國人民包括了解真相的解放軍官兵的支持，現在，北京市的千百萬人民和數百萬的大學生準備同已經與人民爲敵的李鵬政府抗衡到底，因爲綜觀一個月來李鵬政府對人民的言行，人民已經徹底對政府失望了。

我相信，真理終將戰勝邪惡。幾天來，我最擔心的就是你們的出現，因爲你們不了解真相。現在我很激動，你們終於還是奉命來了。我只想告訴你們我們此時的心情，我愛你們，但我更愛我真誠可愛的學生，更愛在學生們生死攸關的時候勇敢地站出來並堅持支持具有正義感的北京千百萬市民。我只想告訴你們，決不希望你們對保衛這種凶戰，因爲我就站在你們面前，我只想告訴你們，如果你們敢對首都人民動手，對我們的學生動手，那麼歷史將拋棄你們，你們就會由最可愛的人變成最可恨的人。

作爲你們的親人，我含淚懇求你們，千萬不要碰我們的學生，千萬不要激怒人民！李鵬叫你們來已經是錯了，但人民還能原諒你們。如果你們動手，那麼你們將成爲千古罪人！

我抱著兒子站在你們面前，如果你們要前進，就讓你們的軍車從我身上開過去！

一個軍人妻子敬告・五月二十一日

清華大學宣傳組・五月二十五日

不滿中共鎮壓學運

——瀋陽軍區黨委抗命　鄧到武漢完成調兵已返京

(1)鄧小平前（五月二十日）已回北京，鄧到武漢調兵遣將。

(2)已有河北、安徽、黑龍江和遼寧四省的黨委通電「黨中央國務院」對實施戒嚴和採用强硬措施對付學生的認定作保留性意見。較早前已知瀋陽軍區黨委致電「中央和中央軍委」，對中央的決定和決策表示不滿，該軍區司令員、政委、參謀長和政治部主任抗拒赴京開會，只派一位低層「副參謀長」到京，而借口是「戰士思想動盪」。

(3)前日（二十號到目前）武裝軍隊試圖從六個方向開進天安門；但都被市民擋住了，一些文職軍人也參加了阻軍車的活動。

軍車試圖開進的方向——

(1)六里橋（距廣場20km）方向

(2)豐台路口（20km）方向

(3)大紅門（10km）方向

(4)八寶山方向

(5)沙溝方向

(6)溫泉方向

(7)309、安河橋方向

已派到天安門廣場的戰士也退不出來，學生對他們展開思想說服工作，有些戰士哭了，有些把槍扔在地上，說：「不幹了！」有的宣佈：「我退出軍籍！」

(4)奉命開在北京鎮壓學生的部隊，二十凌晨、三時許已停止前進，在原地待命，從目前的形勢來看，部隊有後撤之勢。二十號大約三〇〇輛軍車（□□□□分別佩衝鋒砲、手槍）停在距廣場二十多公里的公路上，車上士兵一言不發，憑學生和市民演講、據說京津公路、京豐、京□、京昌公路上也佈滿了全副武裝的軍人。

（台北中央社二一電）包括楊成武在內的老幹部二十餘人，於二十三號要求會見鄧小平而遭回絕。

清華宣傳組・五月二十五日

全國人民、行動起來

五、二十李鵬戒嚴的發佈，標誌著共和國歷史上的黑暗的時刻的來臨，李等人置人民大衆的呼聲於不顧，悍然調集重兵進入北京，妄圖鎮壓由愛國學生發起，廣大人民羣衆參加愛國民主運動，妄圖以此穩固他們的獨裁統治。

幾十萬軍隊，人民就會屈服嗎？

請看看各進京路口被堵住的軍車吧！請看看天安門廣場的同學送水送飯的車水馬龍吧！請看看徹夜不眠、守候在天安門廣場周圍保護學生的人羣吧！請看看中央電視台播音員那低垂的眼睛吧！人民沒有屈服，他們不但在沉默地反抗，而且在等待著最後爆發的時刻！

北京是人民的北京——決不允許獨裁者踐踏！

北京是人民的北京——決不允許人民和人民的軍隊自相殘殺！

必須廢除戒嚴令，必須撤銷李鵬黨內外一切職務！

市民同胞們，知識分子、工人、農民、解放軍、學生們，一切熱愛民主、自由的朋友們，我們的遊行，是我們的一次爆發，是我們力量的展喊！

我們吶喊，是爲了我們的民族，爲了我們的共和國的光明和未來！

如果獨裁者，想永遠壓抑人民的呼聲，那麼他們應當明白一點——一個有良知的人，有權選擇他自己生命的歸宿！

爲了自由、民主、平等，我們無所畏懼！

同胞們，行動起來，參加到反對專制、反對獨裁、打倒貪官、打倒污吏鬥爭行列中來！參加到光明與黑暗的大決戰中來吧！

正義必勝！人民必勝！

生命不息，民主自由之心長存！

清華宣傳組・五月二十五日

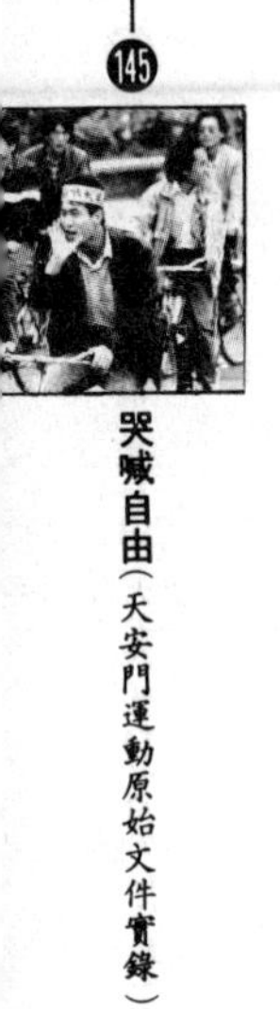

五．二〇慘案眞相

昨晨從北京二外出發的近二百學生，在豐台勸阻進入北京的解放軍軍車，勸回了趕來的軍隊和武警，並就地維持交通秩序。十一時許，許多羣衆耐心地勸阻和懇請，警察撤了回去，但此時突然出現了二十多名手持盾牌和警棍的防暴警察，對我們手無寸鐵的同學以及在場羣衆進行毒打，在場同學無意反抗，使在場羣衆忍無可忍，被迫反抗。

現公布被打成重傷的同學名單，

八八英語系：〇〇，頭部、頸部多傷，已不能言語；

八六級英語系：〇〇〇，腰部膝部等多處受傷，現在醫院搶救；

八五東歐系：〇〇，左肩受傷，全身麻木，頭部嚴重受損；

八五亞洲系：〇〇〇(女)頭部，打流血，現傷勢嚴重；

八五級□學系：〇〇〇，被打十幾警棍，當場倒地，現已送往醫院搶救；

八八外語：〇〇，喉部受傷，並受腦震盪，嘔吐，膝部挫傷，已不能站立，口腔出血，腎功能受到影響。

另有五十六名學生受輕傷。

二外全體師生員工一致强烈抗議如此暴行，要求嚴懲凶手。

北京第二外國語言學院全體師生・清華宣傳組・五月二十五日

關於李鵬政府鎮壓學運的聲明

五月十九日李鵬公然宣布——和平請願的學生運動内政治暴亂，調重兵戒嚴北京，並嚴密封鎖新聞媒介，以利爲所欲爲，這是共和國歷史上最黑暗、最醜惡的一頁。

學生請願，要求打倒貪官污吏，實行民主政治，推進政治改革，反映了人民的願望，得到了全國各界的聲援。李政府以武力對付學生，是對中華民族的挑戰，表明了他們與人民不共戴天。

李鵬之流，已經親手埋葬了我們對他們的最後一線期望。國賊橫行，國難當頭。我們謹通電如下：

一、全國人民、各民主黨派、海外同胞動員起來，同聲遣責李鵬之流的倒行逆施，李鵬政府必須立即停止鎮壓學生，軍隊撤出北京。

二、中國人民解放軍是人民的子弟兵，不是李鵬之流的護院家丁。軍隊要保護人民，保護學生。

三、李鵬政府鎮壓學生，比北洋軍閥、「四人幫」，走的更遠，這個堅決以人民爲敵的政府應予解散。

任何人對人民犯罪，一定會在不久的將來受到審判，七六年「四、五」天安門事件就是最好的例證！

結束封建獨裁統治！趕國賊李鵬下台！

清華傳單・五月二十五日

堅持就是勝利

同學們一定很疲倦了！是的，我們已經被迫多少個晚上沒有睡覺了！但是，我們還不能睡。我們還不能睡。我們如果睡下，也許將水難醒來！

大家知道：罪惡多降臨在黑暗，寒風多吹動在淩晨。在幾十萬軍隊兵臨城下，天安門數萬絕食和靜坐同胞生命繫於一髮之際，我們何以能安眠，爲了同學，爲了中華，爲了我們已付出的血汗不致白流，讓我們咬緊牙關，堅持戰鬥！

我們一定要戰鬥到李鵬政府倒台的那一天，這絕不是遙遠的事。別說他們調動幾十萬軍隊，這些軍隊都是被騙來的，一旦覺醒也不會聽他支配的。就說對幾十萬軍隊，我們有著十億人民，有著不可戰勝的正義和真理！只要我們堅持就一定會勝利！

目前的形勢，最需要堅持，幾十萬軍隊開到郊外，遲遲不進城內，其中雖然有市民與學生阻擋的結果，但更重要的是他們確在待命。這待命其實就是想以武力威脅學生，使之解散。在這一日的未達到時，待命就是等待學生憤怒，幹出一些爲他們提供藉口的事，待命就是拖延時間，瓦解學生鬥志，折困學生身體，趁大家鬆懈時開刀。因此，這一待命就是待學生難以堅持之命。由此可見，我們太需要堅持了。只有堅持才不中計！只有堅持才是勝利！

同學們，爲了我們追求的真理，爲了中華民族的興盛，讓我們攜起手來，堅持戰鬥，直到取得勝利！

北京師範大學學生自治會·五月二十五日

野火燒不盡、春風吹又生

同胞們：

舉世矚目的從四．一六開始的由大學生率先發起、知識界緊跟上，全國人民齊響應的愛國民主運動，至今已經持續四十餘天了，這場運動規模之大，持續的時間之長和參加者之自覺，都是前幾次民主運動所無可比擬的，我們每個自始至終目睹並參加了這場運動全過程的公民都知道，大學生和廣大民衆能夠於此時掀起一場這樣大聲勢的民主運動，正是由於改革已到了危急關頭！中國的現代化已瀕臨絕境！

廣大愛國學生，眼見「新的讀書無用論」將陷中國於第二次人才中斷的絕境，中國教育已到了崩潰的邊緣，他們憂心如焚，他們於「哭我耀邦，哀我中華」之日開始要求政府對話，共商救國之策，他們的要求由最初的七項降至五．一三絕食中的兩項。在此期間，雖然趙紫陽總書記的講話曾給了這些愛國學子一線希望，但是，學子們以生命爲代價經過七天的絕食最終得到的回答是什麼？是以「一小撮煽動」和「少數壞人挑撥」爲借口，對這場愛國民主運動出爾反爾的定性：四．二六一紙社論曰「動亂」，五．一九之前的一次會見曰政府從來没説過這是「動亂」，五．二〇講話又歇斯底里地惡毒宣布爲「動亂」，「動亂」意味着什麼，意味着千千萬萬的愛國民衆被打成反革命，意味着「四．五」慘案的重現。

自從紀念「五四」七十周年之日新聞界率先加入大學生遊行行列以來，中國的知識份子在這場運動中表現出了非凡的勇氣，他們在一次次的大遊行中顯示出的是與傳統奴性人格徹底決裂的堅定決心，但是無論知識界對學生的愛國民主運動如何支持，無論科技界、法學界、教育界、新聞界、文學界、藝術界、衛生界怎樣向政府大聲疾呼，無論專家、學者、教授、作家等知識界知名人士如何向政府公開自己的立場，如何懇請政府盡快與學生對話，甚至有的教師與學生一起靜坐絕食，政府都不予理睬，輕蔑地置之不理。這又說明了什麼？這正如一個遊行隊伍打出的橫幅標語所書：十年了，老九還是老九。

是的，改革十年了，老九仍然是老九，雖然鄧小平曾經檢討過改革十年最大的失誤是教育失誤，但從這場五月風暴中政府對中國知識界民主政治的呼聲的態度上看，鄧小平的教育失誤檢討不過是一種姿態，一個花腔。在這場風暴中，中國的知識份子無疑又受到一次大嘲弄，可以斷言，中國知識份子這種百年來只比娼妓高一等的社會地位如果不改變，中國的現代化就必然走上絕境，因爲在我們這樣一個貧窮落後的農業大國，實現現代化必須以科學技術爲先導，此外別無它途，離開現代科學技術，中國人的日子只能越過越窮。

廣大人民羣衆對官倒猖獗、政府腐敗現象嚴重更是深惡痛絕，自然地起來聲援學生的愛國民主運動，堅決擁護知識界加速政治體制改革的號召，人們已經清醒地認識到官倒、腐敗、正是官本體制的產物，根除官倒、腐敗的唯一有效辦法，就是實行民主政治，使人民真正能夠行使參政議政的權利，真正能夠監督權利機構，人們早已看清，不給官本體制施行大手術，中國的改革就是假的，就是欺騙人民、愚弄人民，回看改革十年，政府越來越腐敗，官倒越來越猖獗，不正是專制集權所致嗎？然而對人民大衆這種進行真正改革的呼聲，政府實行的高壓政策，仍然想採取歪曲事實真相的卑劣手段，製造謊言，蒙蔽欺騙人民，以高壓堵人民的嘴，但是歷史早已告訴我們，以謊言欺騙人民的人絕對沒有好下場。

同胞們，或許我們身臨其境的這場運動會流產失敗，但是它的歷史意義是無比偉大的。它使中國人的形象在世界人民心中變得更加偉大崇高，它教會我們識別真假改革家與真假人民政府，因爲我們清楚地知道，不重視科學技術的人決不是真正的改革家，壓制人民革命的政府也決不是人民的政府，我們一定要記住，直至今日，政府始終不敢以現場直播的方式與大學生對話。

此外，我們還提醒同胞們注意，今天的所謂「慰問信」和各省市「致電」與二十年前文化大革命中的「致敬電」何其相似，還有那在廣場上盤旋、拋撒傳單的直升飛機……。

野火燒不盡、春風吹又生。今天這場偉大的愛國民主運動，已經在人民心中播下了民主的種子，即使暫時被鎮壓下去，不久的將來，覺醒的人民會越來越多，甚至不出幾個月，就會再度掀起更猛烈的席捲全國乃至全世界凡有炎黃子孫的地方的愛國民主運動風暴，我們堅信民主政治一定會在中國實現。

團結起來到明天！

人民必勝！

共和國的五位公民・五月二十五日

戒嚴的原因與後果*

戒嚴的原因

1、所謂軍隊進京是制止動亂、恢復秩序的說法完全是騙人的鬼話。造成目前首都所謂「生產、生活秩序混亂」的根本原因在於黨和政府內部的腐敗現象的存在和以後政治體制改革的停滯不前。其直接原因在於政府對這場運動的錯誤定性及拖延和欺騙，以及其後的錯誤高壓政策。學生和羣衆没有責任。全世界有目共睹這場在人民積憤已很深的社會情景下，由廣大大學生所發起並迅速發展的民主運動，在北京涉及了數百萬人，即使少數人蓄意破壞、拖延和欺騙，軍警施暴乃至大軍壓境的情況下，仍能堅持非暴力和平方式，其冷靜、克制、秩序絕無僅有。據可靠報導，在請願期間從未發生打、砸、搶、燒事件，全市刑事案件、交通事故、火警大幅度下降、經濟命脈和生活秩序保持穩定。

2、發布戒嚴令真正原因是這場愛國民主運動得到了國內外特別是國內知識界、新聞界、市民、工人羣衆的廣泛同情、理解、支持，擊中了一批官僚的政府腐敗成份的要害，嚴重動搖了某些人的既得利益，在冷漠、拖延、欺騙和一度高壓政策宣告破產後，人民仍堅持公正評價和實質性對話要求，可是，少數人走投無路，挺而走險，企圖以軍事戒嚴來强行制止人民的非暴力民主運動，擺脫困境。

3、一個危險可能來自於：愛國民主運動激發了黨內不同派別的矛盾，一些在真理和正義面前遭到失敗的、但已獨掌大權的人，企圖以戒嚴爲理由造成大軍進駐首都的事實，並以此來要挾其反對勢力，進而達到不可告人的目的。果真如此，這就是一場反革命陰謀軍事改變。

戒嚴的後果

1、軍隊對政治生活和日常生活秩序的介入，嚴重破壞了民主和法治的環境，實質上是不通過正常的渠道解決問題的極端手段，是冷靜、克制、秩序的反面做法，是對民主與法制的蓄意踐踏，只能激化矛盾、製造動亂！

2、首都擁有足夠龐大的民警、武警、衛戍部隊武裝力量，並已下令調動附近的軍隊（如三十八軍）協助，而現在又調動全國各地的幾十萬軍隊，甚至動用裝甲部隊。這就潛在被某些人利用發動軍事政變的可能和危險！極易引起全國範圍內的軍閥混戰，給共和國帶來四分五裂的民族災難。

3、兵臨城下，實行軍事戒嚴，造成恐怖氣氛，給廣大人民帶來很重的心理壓力，極不利於安定團結的和平民主的政治氣氛，破壞全民進行經濟建設的環境。從戒嚴令的內容和政府前一段表現看，軍隊不鎮壓學生的承諾是得不到保障的。

4、幾十萬軍隊進入，給已有的一千萬人口和二百萬的流動人口的首都帶來嚴重的負擔，特別是裝甲部隊和大批軍車的進駐，使首都交通嚴重阻塞，首都正常的生產、生活秩序將受到嚴重影響。

5、使用人民軍隊對付人民參加的民主運動將造成軍民關係緊張，有損於人民解放軍的形象和威望。

五月二十五日

首都各界聯合會（首聯）簡介

一、首都各界聯合會簡稱「首聯」。

二、首聯是以這次偉大的愛國民主運動爲基礎。由各界中國公民自發組織。以廣大工人、知識分子、國家機關幹部、青年學生、愛國民主人士、農民、企業界人士爲主體的羣衆性組織。

三、首聯的宗旨是：團結首都各界、全國各界愛國人士及各黨派、各團體，行動起來，建立最廣泛的愛國民主統一戰線，不斷壯大民主力量，不斷推動共和國走向自由、民主、法制文明的道路。

四、首聯的近期目標是：發動各界愛國人士，積極主動地配合，協助北京市高校自治聯合會及各大專院校自治組織，將當前的愛國民主運動堅持到底。

五、首聯近期的工作有：①在廣大新聞工作者的協助下，辦一份真正代表人民心聲的民間報刊——「人民之聲」報；②組織市民糾察隊，工人糾察隊，協助青年學生保護首都治安，保証首都正常的民主生活秩序，社會平穩；③發動各界羣衆，盡一切可能堅決抵制軍管，徹底挫敗一小撮專制的軍管陰謀；④進行愛國民主運動的戰略、對策研究，及時向除一小撮專制勢力之外的各界愛國人士、愛國團體提供準確可靠的信息，實質性理論及解決問題的辦法，供各界參考；⑤協調各界愛國人士，形成有目的、有準備、有組織、有力量的統一行動，給一小撮專制勢力以盡可能大的打擊，給廣大學生盡可能多的聲援和支持；⑥廣泛徵求各界愛國人士的意見和建議，不斷成熟和完善首聯。

六、首聯主要設有：①理論研究部；②戰略對策部；③信息部；④籌款部；⑤宣傳鼓動部；⑥聯絡部；⑦協調部；⑧後援部；⑨「人民之聲」報編輯、出版部；⑩保衛部。

七、首聯以中國絕大多數公民的意願爲行動準則。首聯擁護憲法，在憲法範圍內活動，但認爲憲法仍需不斷修改和完善。

八、首聯解散的前提：經過充分的民意測驗，絕大多數中國公民認爲它沒有存在的必要的時候。除此之外，沒有任何力量、因素能夠使它解散。專制勢力對它的仇恨，壓迫只能使它不斷壯大、完善。

九、首聯正處於不斷發展階段，望各界愛國人士、愛國團體能夠給予真誠的幫助、指導，能夠提供包括各種物質基礎盡可能多的援助和支持，並歡迎各界人士廣泛參加！

民主萬歲！人民萬歲！

自由萬歲！中國萬歲！

團結起來，將民主運動進行到底！

首都各界聯合會（首聯）・五月二十五日

目前的時局和我們的方針

——首都各界聯合會主辦《人民之聲》試刊第一期（1988. 5. 26）

目前的時局

這次以大學生爲先鋒，中國社會各階層廣泛參加的愛國民主運動已歷時一個多月，有力地喚起了廣大人民羣衆的愛國熱情和民主意識，極大地促進了整個中國的覺醒與進步，譜寫了中國民主運動史乃至世界民主運動史上最輝煌的篇章！

隨著這場愛國民主運動的深入，廣大學生日益成熟，參加運動和推動運動的各階層更加廣泛、更加自覺，運動的近期目標和長遠方向日趨明確。

這場運動不僅是要把李鵬一伙專制者徹底趕下台，從實質上說，這場偉大的愛國民主運動是一場改革與保守、民主與專制、前進與倒退、光明與黑暗的歷史性決戰！

這是迄今爲止歷史賦予中華民族的一次最寶貴的機會。如果運動能夠深入持久地堅持下去，中國人民從此將真正踏上民主、自由、法制、文明的道路。事實上，人們已經呼吸到了由這次運動帶來的民主自由的清新空氣。

這次愛國民主運動已經將中國人民的愛國熱情極大地喚醒，並推向一個空前的高潮。中國人們的道德水平從來没有像今天這樣高。人民羣衆從來没有像今天這樣團結。即使是先前對於中國失去信心和希望的人們也重新看到了希望，並充滿信心地投身於愛國民主運動的時代大潮之中！

廣大愛國華僑乃至台灣愛國同胞正以空前的熱情，用各種方式聲援和支持發生在中國大地上的這場愛國民主運動。世界各國的進步力量也越來越多地予以各種幫助。

李鵬一伙已經越來越不得人心。盡快使李鵬一伙下台，這是黨心所向、軍心所向、民心所向！

我們也應該看到，李鵬一伙雖是極少數，但他們輕易不會甘心失敗，他們還將糾集一部分保守、專制勢力，拉攏受蒙蔽的人們，甚至迫使一部分軍隊繼續與廣大愛國人民對抗。

目前，這場改革與保守、民主與專制、前進與倒退、光明與黑暗的歷史性大決戰已進入相持階段。

我們的方針

我們呼籲首都各界、全國各界爲了一個共同的愛國民主目標，團結起來，行動起來，建立最廣泛的愛國民主統一戰線，不斷壯大愛國民主力量。

我們呼籲中國四千萬共產黨員在這民族危急的時刻，挺身而出，領導全國人民堅持這場愛國民主運動，這是中國共產黨重振雄風的最難得的歷史性機會。

我們呼籲各民主黨派繼續努力，更加堅定地站在這場運動的前列，使各民主黨派成爲名符其實的民主黨派。中國的文明與進步不能缺少民主黨派！

我們強烈呼籲絕大多數老一輩無產階級革命家以民族大義爲重，保持共產黨人的光榮稱號，保持革命晚節，用各種方式堅決制止李鵬一伙可能採取的極端非人道措施！

我們呼籲解放軍珍惜「人民子弟兵」的光輝歷史和光榮稱號，堅決地站在人民一邊，不要受李鵬一伙的蒙蔽。軍人以服從命令爲天職，全國人民的共同心願就是軍人最高的命令！軍隊是人民的軍隊，人

民養育了軍隊，人民軍隊熱愛人民。我們相信，人民軍隊一定會支持這場民心所向的偉大的愛國民主運動！

我們呼籲盡快召開全國人民代表大會特別會議和中國共產黨全國代表大會特別會議，按照人民的意願，公正地處理李鵬一伙。選舉新的中央委員會，領導全黨、全軍、全國各族人民加速改革步伐，推進愛國民主運動。我們希望全體共產黨員和每一位人民代表共同爲此做出不懈的努力！

我們呼籲首都各界和全國人民保持清醒和理智，珍惜和保護這次愛國民主運動已經取得的寶貴成果，不要給李鵬一伙造成任何採取極端非人道措施的機會和藉口。

我們呼籲各界堅決抵制軍管。目前，北京根本沒有發生什麼動亂，外地也沒有。一旦軍隊進入市區實行軍管，將發生真正的動亂。並將產生難以想像的惡果。我們必須全力挫敗李鵬一伙的軍管陰謀！

我們衷心希望：首都的市民、工人及各界愛國人士有目的、有秩序地組織糾察隊、後援隊、救護隊、宣傳隊，做好愛國學生的後勤服務工作，保持社會秩序和社會平穩。我們希望廣大農民以實際行動支持這場愛國民主運動，保證提供給市民充足的食物和蔬菜。工人和農民要充分發揮愛國民主運動的主力軍作用！

我們呼籲各省市的學生、工人、農民及其他各界人士除組織精幹力量到北京聲援外，主要應在當地堅持這場愛國民主運動，並盡可能從物質上支持首都的學生和人民，將運動堅持到底。

同胞們：中國正處於緊要的歷史關頭。民主與自由、法制與文明在向我們熱切召喚！歷史在加速前進，千百萬中國人民形成的民主與自由的歷史洪流是任何反動力量也阻擋不了的！

團結起來，爭取更大的勝利！

首都各界聯合會（首聯）・五月二十五日

將革命進行到底

這次偉大的愛國學生運動，徹底揭開了中國民主運動的序幕，學生成爲這次運動當之無愧的先驅！然而，這場運動的序幕剛剛開始，就面臨著嚴峻的事實，政府的漠然麻木及威脅戒嚴，兵進北京，事態日益擴大。對學生來說，這一切真是太冷酷無情了。然而面對這樣的現實，我們只能進，不能退，必須積極加以輸通引導，而不可能消極等待。因爲，這次偉大的中國民主運動只能成功，不能失敗，否則，又是一代或幾代人的血白流，路白走！而且今後的民主過程會變得更加艱難。所以擋在我們全民族面前的是一條佈滿荊棘的艱鉅的民主化過程的路，全民族必須繼續加速民主化過程深入進行下去。

因此，面對這樣的嚴峻形勢，這場民主運動的深入繼續，對我們提出了更高的要求。

首先應堅定不移地繼續深化民主意識，推進民主運動的過程，這是這場運動的關鍵和目的所在，必須不遺餘力地將民主建設推向深入，爭取全民的理解和支持。

另外，爲了保護運動的正確性，方向性和緊要性，必須努力加强理論上的深度的研究和討論，只有用科學理論武裝起來的鬥爭，才是最堅決、最徹底的。

同時，對於政府的麻木不仁和冷漠，乃至冷酷無情，我們的鬥爭需要採取適當的鬥爭形式，將運動持久地繼續下去。

最關鍵的是，面對當前正在迅速擴大和難以控制的局面，我們應建立最廣泛的統一戰線，若因鬥爭，爲了圓滿地達到共同要求，需堅決採取理智、克制、容忍的態度，將運動引向和平安定的方向，爲圓滿地解決問題奠定基礎。這一點，是當前最迫切最關鍵的問題。

總之，這次學生運動已成爲全民族爲民主而戰的運動，必須在正義理智的基礎上將這次偉大的民主運動進行下去，在中華大地上實現真正的民主自由，這是全中國人民的共同願望和理想！

清華大學宣傳組・五月二十六日

堅定不移走向眞正的民主和法制

人們終於看清楚每時每刻都把自己裝扮成民主這種的政府，原來是一個徹頭徹尾的專制政府。專制的政府有幾種表現。

(1)爲了少數人民利益制定一項違反人類社會最基本權利（民主、自由、平等）的法律，並且把僅有的一點開明也無時無刻置於權力的專制之下。

(2)專制政府的支柱是軍隊，愚弄軍隊，視軍隊爲私人衞隊，動輒以武力壓人，採取暴力手段，當今的南非就是典型之一，軍管戒嚴是專制政府的常用詞。

(3)專制政府都沉緬於一潭死水的決定，醉心於奴才們的唯命是從，馬首是瞻。

(4)專制的親兄弟是卑鄙無恥、窮凶極惡。

(5)專制的必然結果是腐敗無能，自絕於人民，專制一降生人間就伴隨著三大死敵：①新聞自由②民主③法治。

新聞的自由可以說是專制的眼中釘、肉中刺，因此專制獨裁者是想設法堵塞人民的喉舌，這一點已是衆所周知的事情。

民主和法制是專制的死敵，但却往往被篡改、被盜用，獨裁者往往標榜自己的統治最民主，他們往

往打著民主的旗號行著摧殘民主的罪惡行徑，獨裁者也須講法治和法制，當然法是獨裁的法，或者專爲其他人設置的，特權階層凌駕於法律之上，這樣在一定的社會歷史條件之下，官倒這種政治體制中的「毒瘤」，經濟體制中的「娼妓」，得以滋生繁衍，並能消遙法外，爲所欲爲，政治上的流氓、騙子、傀儡得以橫行猖獗，人民想除掉這些社會機制中的「毒瘤」，雖經千辛萬苦亦難奏效。

要想專制斷子絕孫，就需要一個完善的社會監督機制，這就是新聞自由，真正的多黨合作，真正的人民代表大會制度，而實現這一切的兩個前題是：①在真正的民主基礎上制定一套符合人性的法律體系，這種法律體系的基礎是人，而不是集團，無論這個集團是什麼；②軍隊必須從政黨中脫離上來，直接由人民大會掌握，廢除集團控制軍隊的現象，真正消除這種動亂的根源，同時廢除領導終身制，對於國家的最高領導人，應該由人民提名，由人民選舉，堅決刹絕高級領導中的裙帶風，如果共產黨真正從國家民族利益出發，做到以上這些，那麼它仍不失爲一個偉大的黨，誠如是，中華有望，人民有望！

再想重申的是，專制是世上一切罪惡、一切動亂的根源，專制是無能者的拐杖，專制是怯懦垂死者的迴光反照，專制是卑劣無恥、行屍走肉者的靈魂，剷除專制，讓這一具具的行屍走肉，讓這一個個行將就木的獨裁者徹底走入深淵、走入墳墓，讓專制絕子絕孫吧！

清華．五月二十六日

五．一三以後學運情況

五月十三日下午，首都高校及天津部分大學生在天安門廣場開始了絕食演說和聲援絕食活動，從下午三點開始計時，當晚達到千名成員，聲援隊中有清華生約三千人，當晚露宿天安門廣場。

廣大市民疑惑不解：「幹嘛絕食？不是已經對話了嗎？」

當時□□：在政府的欺騙下，廣大人民認爲已經對話，大部分學生認爲這次學運最多起一個啓蒙運動的作用。

絕食團要求：一爲「動亂」平反，二爲實況轉播對話過程。

五月十四日晨二、三點，通知説：李鐵映、陳希同來廣場看望學生，但只見□□領導的小車，不見人出來，學生對著車窗喊「謝謝你們了，領導」。

五月十四日晨，學生列隊唱國歌，場面感動衆人。

五月十四日上午：傳中央將派「對話」參加者：政治局常委書記處書訊監察部部長，教委及北京市領導，預計三點開始，直到四點四十五才開始，閻、李、尉、陳稱現場直搖缺少了設備，後稱播放全部錄像，七點二十應絕食團要求，代表撤回。

五月十四日夜，北大、人大、師大等的大隊伍也到了廣場，秩序井然，十二學者寫呼籲信，並提出

復食二點要求，①十五日光明日報報刊登其文章，②書記、總理到場看學生，並說我們是愛國的。

五月十五日晨六時，絕食團及聲援團從紀念碑北移至紀念碑東側，但□□不動。

五月十五日中午，絕食團宣言：重申絕食兩條，三點前政府不答應便離開廣場，晚七點以前不答應，便躺在長安街上，十六日晨七點不答應便發表絕食宣言，宣布不信任政府，並號召罷課、罷教，此時已有六、七十人暈倒，下午一時由□□清華學生前去遞交請願書（新華門），接受者爲□□□□局的副局長□□。

下午四時，知識界大遊行，學生決定堅持下去。

□□，市民自願組成聲援團，同時，出現了市民聚集在大會堂正門前及新華門前的情況，學生前去勸阻。

五點三十分，閻到廣場看望學生，①同學們有罷課、遊行之自由，但無摧殘自己之權利，②動亂可□，現在不行。

五月十七日，各界聲援隊伍滙聚天安門，情緒激昂，但無任何攻擊□□政府及其領導人的標語、口號，暈倒學生多達□□餘人，政府無任何實質□表示。

五月十八日下午，雷陣雨，絕食團轉至□□□大轎車內。

五月十九日晨四點五十趙紫陽、李鵬探望學生。下午李鵬與絕食代表見面，□「沒有說動亂」，□□□暈倒學生逾三千。

晚十時□分，李鵬在北京軍政幹部大會上講話，□□「動亂」，宣佈戒嚴，軍隊開始入城。

五月十九日晚及二十日晨，學生阻攔軍車。

二十日晨，清華五百敢死隊，奔赴廣場，後開赴馬路口同其他學生一起阻截軍車。

二一、二二、二三阻截軍車，士兵與市民時有衝突，士兵受傷，在豐台，有武警驅散路人，傷五十人。

二十日，新聞完全被控，但從22日起，新聞出現真空報刊。

二三日，軍隊進城壓力減輕。

二三日晚十一點時，軍隊與市民在豐台發生衝突。

二三日下午二時下雨，下午二點三十，湖南工人用顏料潑毛像，晚十點更換。

二一日晨，七位老將呼籲軍隊不要進城。（張愛萍、楊得志）。

二三日，香港百萬人大遊行。

十七、十八日，全國各大城市開始遊行。

二四日晚趙宣布辭職未批准（內部消息）。

二四日□官方□□軍隊後□。

聶榮臻、徐向前電告鄧小平，鄧答曰，應付可以，避免流血事件。（到此，目前事態惡化）。

百餘名黨政幹部三點要求：①□□學生運動爲愛國運動，②否定二六日社論，③儘快與學生對話。

人大常委聯名向中央要求，學運將交至人大常委會解決。□□□兩項事件①軍隊不可進城，②學生撤離現場。

北京高聯兩點決定：一・學生堅持留在天安門廣場，直到天亮以前。二・軍方今晨不進城，廣場學生撤離廣場。

小平二十日已返京，他到武漢調兵遣將。

河北、安徽、黑龍江、遼寧四省，對實施戒嚴□□强硬□□持保留意見。

瀋陽軍區對中央決策不滿，拒開會，只派一副參謀長，藉口「戰士思想動□□」。

六里橋、豐台路口、大紅門、八寶山、□□、溫泉、三〇九醫院等方向均有人圍堵軍隊。

楊成武等二十餘人，要求會見鄧小平，小平拒見。

清華宣傳・五月二十六日

歷史的見証

公元一九八九年四月十五日，一顆民主的巨星在中國隕落。胡耀邦同志的逝世，給億萬追求民主的中國人帶來了莫大的悲痛，尤其是廣大知識份子、愛國學生、深深懷念這位民主的先驅。

從四月十六日起，在北京及全國的各大高校園內，同時出現了許多悼念胡耀邦、追求民主的大字報，並不斷有人到天安門廣場上，紀念碑下，獻上自己的花圈、輓聯。爲了敦促政府、加快民主的進程，許多師生用靜坐示威和平方法來表達自己這一善良的願望。

四月二十日凌晨三點多，幾百人在新華門前靜坐示威，却遭到了上千軍警的毒打，被强行送上客車，北師大、政法的許多同學被打傷，許多無辜的路人也不能倖免。這種充滿血腥的事實，却被政府的發言人說成是「推推擦擦」。政府的這種態度，激起了廣大愛國學生的憤慨。

從四月二十一日起，學生的愛國民主運動進入有組織、有領導的新階段。當天晚上七時許，北京各大高校的學生紛紛走向街頭，舉行聲勢浩大的遊行，奔赴天安門廣場，參加悼念耀邦同志，要求民主的活動。參加的人數達七、八萬人，隊伍綿延數公里，一路上喊着「打倒官倒」、「人民萬歲」等口號，圍觀的羣衆不時報以熱烈的掌聲。二十二日凌晨二時許，遊行隊伍全部到達廣場，包括圍觀的羣衆在內，廣場上達十幾萬人，同學們在廣場上經受着寒冷和飢餓的折磨，終於到了上午十時，耀邦追悼會召開

，幾萬同學極有秩序地靜坐在大會堂前，打著「耀邦千古」、「再送耀邦一程」等等標語，傾聽着紫陽同志代表中央所致悼詞，默默緬懷這位青年的良師益友。

上午十一時許，追悼會結束，却不見靈車從大會堂正門出來，連這最起碼的儀式政府都不能辦到，等候了十幾個小時的幾萬學生被激怒了。學生們喊着「李鵬出來！」、「對話！對話！」的口號，要求政府進行政治民主對話。但從十一時許至十二時半，從大會堂出來的代表們對廣場上的幾萬學生竟置之不理，迫不得已，三名學生代表在大會堂國徽前下跪達四十多分鐘，仍無人理睬。學生要求民主的願望竟遭如此對待，憤怒的北京高校學生於是宣布：進行無限期罷課。在四月二十二日至二十五日的罷課期間，學生們對市民進行了事實真相的大量宣傳，但政府却採取了新聞封鎖的辦法，不予報導。四月二十六日「人民日報」發表了臭名昭著的社論，將學生愛國運動定性爲「動亂」。這意味着學生的一切愛國遊行、宣傳，將被宣布爲非法。這種顚倒黑白的做法，再次激起了學生的怒火。四月二十七日，北京高校十幾萬學生，冒着危險，舉行了規模最大、人數最多、時間最長、秩序最好、路程最遠的一次大遊行，喊出了「人民日報、胡説八道；中央電台、顚倒黑白」的口號，得到了廣大市民的極大支持，「大學生萬歲」的口號，隨處可聞。四月二十九日，政府迫於壓力，舉行了一次「對話」，袁木等人吱吱唔唔自相矛盾，充分表現了政府的心虛、害怕，這次對話沒有取得任何實質性進展。五月四日，首都各高校又舉行了一次大遊行，抗議政府不進行實質性的對話。同時成立了對話代表團，等待政府作出進一步答覆，並宣布五月五日起復課，一邊上課，一邊等待，可是直到五月十三日，頑固的政府對學生的要求仍不予理睬，於是北大、北師大的十一名學生發起絕食請願活動，抗議政府拖延真誠對話的時間。當天北大、師大、清華的幾百名同學立即響應絕食，從此開始了悲壯的絕食請願活動。五月十五日，各校絕食人數共達三千多，絕食長達七天，二千多位同學先後被數次送醫院急救，中央戲劇學院的十二位同學，在絕食三天之後，爲抗議政府的冷淡、拖延的極不人道的態度。更令人髮指的是，在五月十八日與絕食學生見面時，李鵬口口聲聲稱「學生運動是愛國的」，但到了五月二十日凌晨却又來了個一百八十度的大轉變，傷天害理地把學生運動説成動亂，並宣布了不得人心的戒嚴令，讓幾十萬軍隊兵臨城下，一時間，北京人心惶惶。由此可見，戒嚴才是動亂的根源，李鵬才是製造動亂的罪魁禍首，在絕食期間，絕食同學得到知識界、新聞界的極大聲援，民主黨派、工人、農民、士兵，甚至警察，紛紛來信、來電，或舉行遊行進行聲援，「人民日報」、「光明日報」等報紙及中央電台、電視台、新華社等新聞單位部份記者的聲援更是引人注目。這反映了廣大新聞工作者要求民主、新聞自由的强烈心聲，全國各地高校的數萬同學也紛紛來京，他們不辭辛苦，風餐露宿，和廣大首都同學一道加入的聲援的行列。在這期間，廣大的首都人民通過鐵一般的事實，看清了李鵬政府的醜惡面目，也加入了聲援的行列。他們主動爲廣場上數萬靜坐的同學送衣、送水、送食、送傘……，和廣大學生一起，堵截進城的軍隊，主動幫助維持交通秩序，保護學生的安全，表現出了極高的政治覺悟和政治熱情，使得外地的大學生感激萬分，人民的理解和參與就是對學生的最大支持。人民軍隊在這次運動中，也表現出了極大的克制和政治覺悟。他們雖然被騙而來，但在廣大市民和學生的勸説下，廣大指戰員紛紛表示，絕不做鎮壓學生和人民的事，絕不當千古罪人，並主動向後撤退或停止前進。種種事實表明，李鵬政府已背棄了人民的利益，走到了人民的對立面，必將遭到人民的唾棄，現在要求召開人大，罷免李鵬，取消戒嚴，已是廣大人民的迫切要求，從五月二十三日和五月二十五日的兩次首都各界人士大遊行中，人們喊出了這一蘊含已久的强烈心聲，並要求由趙紫陽同志來主持全面工作，取消「垂簾聽政」式的老人政治。面對人民和海內外輿

論的强大壓力，李鵬政權仍然一意孤行，利用手中的軍隊負隅頑抗，到目前爲止，大批軍隊還在不斷集結，在北京城外虎視眈眈。現在，鬥爭已進入最艱苦的相持階段，廣場上的二十萬大學生及首都的全體人民是決不屈服於奄奄一息的李鵬政權的。「中華民族到了最危機的時刻，每個人被迫着發出最後的吼聲。」現在，廣大愛國學生和人民正準備用自己的血肉之軀，對付政府的坦克、裝甲車和催淚瓦斯，爲民主而戰！爲自由而戰！

同胞們，別再坐等了，讓我們行動起來！用自己的行動，聲援首都人民的愛國民主運動，反對李鵬政府的倒行逆施，建立一個自由民主的社會。

自由民主萬歲！

人民萬歲！

人民必勝！

清華大學宣傳組・五月二十六日

北京市高校學生自治會常委會決議

爲將本次愛國民主運動推向另一個新的高潮，響應全世界華人倡議，北京市高校聯合自治會於一九八九年五月二十六日召開常委會議以一票缺席八票贊成通過如下決議：

北京市各高校定於五月二十八日晨十時，參加全世界華人大遊行。遊行目標：全世界中國人聯合起來，反對專制，保障人權。宣傳基調：

主題：全世界中國人聯合起來

副題：1.民主萬歲、自由萬歲

2.新聞自由

3.保障人權

請各高校以此爲宣傳基調，擬定口號、傳單，組織遊行。

北京市高校學生自治聯合會常務委員會・五月二十六日

李鵬目前到底懼怕什麼？

——對於此次學生運動的反思

自五月中旬以來，李鵬政治上的種種劣迹，已經一次次將他作爲獨裁者的醜惡嘴臉，暴露於天下，在全國上下，此起彼伏的「倒李」呼聲中，李鵬的政治生命可以說已經名存實亡，然而，奇怪的是，在舉國上下的叫喊聲中，由李鵬調動的軍隊仍在繼續集結。在五月二十五日的大使會見中，李鵬的得意之色又一次溢於言表，這般的有恃無恐，這般的厚顏無恥，不能不令人在唾罵之餘，陷入更深的思索。

人們不禁要問，難道李鵬真的無所懼怕嗎？難道他真敢無視人民的呼聲嗎？我們認爲，不是的。

在五月十八日，李鵬面對對話代表時的失態，難道不意味著一種懼怕嗎？

五月十九日，李鵬下命軍隊進駐時的歇斯底里，難道不意味著一種懼怕嗎？

回答是肯定的，如果我們對這兩種懼怕進行分析，就會發現二者有根本的不同。前一種懼怕，是對於民主的懼怕，是對於吾爾開希作爲一個平等的人，站在他面前的氣魄與自信的懼怕，而後一種懼怕，是對於政敵的懼怕，是對於政敵所構成的巨大威脅的懼怕。如果我們暫時撇開對中國特有的政治權力之爭的分析，而只立足於民主——這一學生運動的出發點和最終目的，來反觀整個運動的話，那麼，人們將會驚奇地發現，此次學潮從始至終所給予李鵬政府的震動，是多麼微不足道。

自五月二十二日靜坐中表現出的「人」的勇氣和堅定，可以說着實震動了當權者們，但是這種「人」的覺醒，却在請願代表的「下跪」中被無形地扭曲了，於是當權者釋然了。

在對話中，「子弟」說的一再出現，今天看來，也正是對學生民主、人權意識的瓦解，由於政府是「父兄」，學生是「子弟」，因此學生只能是順從的臣民，而不能是具有獨立人格、獨立意志的公民，只能是聽命於主人支配的工具，而不能有任何對主人行爲與利欲的叛逆，「子弟」說的出現，標誌著政府從一開始就沒有將學生視爲公民加以平等對待，而學生對於「子弟」說的默認，則表明我們對於自身權利，自身尊嚴的忽視。

這種對於自尊權利，自身尊嚴的忽視，甚至在以青春和生命爭取民主的絕食同學中也不乏其例，當有人在醫院、在汽車上爭相要求當權者簽名之際，有誰意識到這是對於權威的謙卑與妥協？是一種泯滅民主與專制獨裁之區別的和解？是一種對絕食意義的悖逆？又有誰意識到，這實際是對專制政府、官僚體制的存在及其醜行的默認？

以上這些現象之所以會出現，其根源主要在於「民主」、「人權」的思想主張尚未作爲一種清醒的自覺意識和一切行爲的根本出發點存在於我們心中，各種有形無形，內在外在的束縛，使我們心有餘悸，無法自信，使我們總渴望能有一個開明的權威者對我們的人格加以承認，更使得我們沒能及時將自身的民主要求與潛在的封建積習、奴性意識進行嚴格的剝離，這種意識上的模糊，致使學運所提出的一系列具體主張都失去了所應立足的民主根基，致使「經濟腐敗」、「懲治官倒」等口號可以被輕易等同於封建專制社會中「清官」、「廉政」的呼聲，致使「安定團結」、「反對動亂」，將願望輕易演化成了專制統治者用以橫施暴政攻擊政敵的口實。

從此次學運的性質來講，如果說作爲一項全民族的愛國活動，它喚起了千百萬人民的良知，使人民在空前的團結中顯示出巨大的力量的話，那麼作爲一場全民族的民主運動，它卻從根本上忽視了對於人民自身權利、自身尊嚴的自覺張揚。而愛國的行爲一旦與民主的目標相互脫節，它就必將會走向與專制統治者的妥協與和解，必將注定爲政治的爭鬥所利用，也正是從這個角度講，此次學運實際上並未構成對李鵬專制政府的最深刻的威脅，也正是從這個角度講，李鵬政府注定會將矛頭首先指向專制制度內部的政敵，而暫緩了對於此次學運的施暴，從某種程度上講，這是此次學運的一次「僥倖」，但這種「僥倖」絕不能被視爲民主鬥爭的勝利。從現在起，每一個高揚民主大旗，投身於民主運動中的人，每一位致力於建設現代化民主中國的大學生，都應對這一點有清醒的認識。只有懷著對民主精神的清醒的自覺意識，只有對於自身權利、尊嚴的充分自信與堅決維護，才能清醒地認識到李鵬所謂「民主」的專制本質。

最後我要說的是，儘管此次學運並未構成對專制政府的實質性威脅，並未達到它本應達到的民主力度，然而它卻激發了千百萬人對於民主的深深思考，喚起了自五四以來在人民心底沉睡多年的「人權」、「民主」、「尊嚴」的呼聲，而這才恰恰是對整個專制制度的最大威脅。民主，是一個過程，是一個人類不斷爭取人權、維護人權、實現人權的過程，而不只是某種表面的結果，此次學運已經邁出了喚醒民衆的民主意識的第一步，然而專制政府正在踐踏民意、獨裁者還在歪曲民主，中國已經走到了民主的現代化與專制下的現代化的十字路口，何去何從，任何一個嚮往真正民主的人都必須做出明確的選擇。

十字路口，何去何從

——北京高校部分博士生對目前學生運動發展方向的看法

一場以大學生爲先導的全民愛國民主運動現在已經來到了新的十字路口，確定一下何去何從，選擇一個適宜的戰略，對於我們的運動前途極爲重要。而這種選擇又是刻不容緩的，耽誤時間和錯誤的選擇一樣都可能葬送這次運動的光明前景。

一、保持民主運動的獨立性和純潔性是急需明確的根本方向。

這兩天，我們都極爲焦慮地期待著黨內高層權力鬥爭出現轉機，期待著某些人倒台，某些人復出。這種心理狀態是可以理解的，但是，當我們冷靜下來時，我們不難發現這種期待背離了這場民主運動的初衷。民主即人民做主，而不是主上明智，這是民主的基本內涵，也是這次民主運動的初衷，我們千萬要牢記。當然，黨內領導能具有較强的民主意識，確實有利於民主的進程。但是，如果我們把運動的命運寄託於此，一味地去「擁護誰」和「打倒誰」，而忘記了運動的初衷，那麼我們可以肯定地說，這場運動的前景就將黯然失色，它的偉大意義將會因這缺乏深思熟慮的結尾而失去許多光輝。其一，將授人以否定這場偉大運動的口實，使我們成爲黨內派系鬥爭的犧牲品（這種疑慮並不是多餘的，現在我們都較清楚地看到，有的人想利用我們，作爲高層權力鬥爭的一個法碼）。其二，要知道，任何一個民主的

基礎設施，哪怕是微小的，如果我們能爭取一點，那都比對領導層的期待有意義得多。李澤厚先生說得好，五四以來的民主運動，以救亡淹沒了啓蒙，民主的基礎設施沒有得到切實的建設，每一次民主運動都不得不從先前的起點上開始。歷史的教訓應該汲取，我們需要把啓蒙的使命放在首位，把推進民主的基礎設施的任務放在首位。因此，在決定這場民主運動何去何從的關鍵時刻，我們應該保持運動的獨立性和純潔性，從成爲黨內派系鬥爭犧牲品的危險境地中擺脫出來，使運動健康地在札札實實推進民主進程的建設上發展。我們還要清楚，無論黨內派系鬥爭孰勝孰負，我們旨在改變國家的命運掌握在一兩人或某一派別手中而讓社會人民當家作主的民主運動，都要不停息地一浪高過一浪地發展下去。

二、擴大和鞏固校園民主陣地，使之成爲全民民主運動的根據地和指揮部

目前，英勇□□的情緒充滿了每一個民主學生的心頭，寧死不屈的大無畏精神給人們以無窮的勇氣。但是，民主需要韌性和札札實實的工作，就目前和今後來說，魯莽的烈士情懷不如清醒的壯士頭腦更有價值。因此，我們主張切實地加强學生特別是校內民主陣地的建設，爲更長遠和更持久的民主運動創造一個根據地，這也是我們目前就可以做，就應該做的事情。⑴精簡天安門廣場的隊伍，使其組織更加嚴密，指揮更有效率，行動更加迅捷，繼續發揮它的核心陣地作用和信息中心作用。⑵使學生自治會組織合法化。通過合法的選擇產生衆所公認的學生領袖組織，由「地下」狀態轉爲合法狀態。以新型的面貌帶領學生繼續進行民主鬥爭。⑶加强和改善校內「自由論壇」、「民主之角」以及宣傳擴大器的傳播工作，逐步向更深層次的理論和宣傳發展，把民主思想之光引到全市、全國的更多角落、引到家家戶戶，使之深入人心。

三、下一步民主運動的突破口在於建立責任政治和創辦私營新聞媒介

我們認爲，把建立多黨制或兩黨制作爲今後民主運動的奮鬥方向，這不能不是一種遠離實際的奢談。現代民主制度的核心就是要建立起責任政治，即建立一套機制，讓所有行使公共權力的團體和個人真正對人民負起責任。中國共產黨是執政黨，目前中國還沒有哪一股政治力量能夠取代它，這是無法否認的事實。我們現在要提出的問題是，有沒有一種機制，能使中國共產黨更好地對人民負起責任來？這種機制是有的，從目前來說，最現實的也是最有力的機制就是按照責任原則改革人民代表大會制度——特別是單一選區制，這種代表選舉制度要求代表專職化，它區別於現在實行的無個人責任的複選區制。

民主並不是要每個人都來做「主」，公民的民主權力主要體現在選票和輿論監督上（關於輿論監督請看後述）公民通過自己神聖的一票好選擇能真正代表人民利益的候選人進入權力機關，行使人民賦予的權力，而讓那些圖謀私利的不肖之輩望權興嘆。真正的按民主原則建立起來的人民代表大會制度，將成爲一種强大的體制力量，推動中共自身的改革，使之真正對人民負責，使「責任」這一民主的精髓進入我們的政治體制是民主的基礎設施的一個關鍵。

以人民代表大會制度特別是選舉制度作爲政治體制改革的突破口，已經在蘇聯和東歐一些社會主義國家裡變成現實，這項改革將爲執政黨設置接受人民監督制約的風險機制，使其施政方式發生根本性的轉變，爲「責任政治」的實現舖下基石。

我們認爲，在當前中國這種强大的民衆要求民主的壓力下，當局在解決了內部派系鬥爭的問題後，完全有可能做出某種政治改革的姿態以爭取民心，改善自身形象。這的一個機會，一個歷史性的機會，如果我們能抓住這個機會，在人民代表大會制度方面推進實質性的改革，那就是這場民主運動的勝利。

民主運動取得制度化結果的另一途徑，是創辦私營新聞媒介，以實現憲法確立的新聞自由和出版自

由。

沒有新聞自由就沒有真正的民和安定。新聞自由被世界普遍認爲是一個很好的「出氣筒」，可以避免偏激情緒的爆發，緩解矛盾，減少政府決策失誤，防止權力腐化，它是任何一個民主國家長治久安的保證。

十年文革是我國最嚴重的不安定時期，那就是從踐踏憲法，徹底消滅言論出版自由和新聞自由開始的。因此，壓制新聞自由才是真正可怕的不安定因素。

建國以來的歷史表明，人民對人民權力的代表——公僕的輿論監督基本沒有實現。現有的新聞媒介也沒能夠成爲人民參與管理國家事務，行使憲法權力的工具和途徑。

這是由兩點決定的：

首先，新聞工作者都是在體制內取得身份的人，他們的生存完全依賴於這個體制。

其次，新聞事業完全被看作是執政黨的事業，新聞機構成爲黨和政府的機關、組織、人事、經費都依附於黨政體制。

毫無疑問，對權力的批判必須相對獨立於這個權力。如果人民對執政者的批評監督由被監督者直接控制，這實際上就取消了人民的監督權力。被權力控制的輿論不過是執政者的回聲。輿論監督實現的前提是，公衆的監督權力受到保護，不受權力的干涉，事實證明，在這個體制的內部所進行的新聞改革都不可能是徹底的，它只能溶沒在這個體制的弊端之中。

私營新聞機構正是從制度上打破了上述兩個方面的局限，它的工作人員是自由職業者，私營新聞機構自主經營、自負盈虧，這將保證它在法律允許的範圍內，相對獨立於黨和政府，真正反映來自民間的輿論，□□使民衆有□□的□□，了解民情和政府決策。

私營新聞必然打破輿論一律，帶來輿論多元，從而使社會中多元的政治、經濟利益表面化、公開化。

這就是民主制度運行的基礎。

當然，任何一種輿論工具都必須服從一個東西，那就是法律——多元利益的集中。

創立私營新聞機構的幾點要求：

1. 確立創辦私營新聞機構是實現憲法賦予的公民言論自由、出版自由的一部分。

2. 確立這些新聞機構在稅收、發行等方面與國營新聞機構的平等地位。

私營新聞機構的可行性及其實現的途徑。

據一九五八年全國普查，只有四十多家以專業、信息、娛樂、服務爲主要內容的小型私營報紙，但沒有一家是政治性的。

可以說是，目前的法律、法規沒有禁止私營報紙，因此可以通過合法渠道申請辦一份私營的政治性報紙，借助目前的形勢，公開申請是可行的。

目前，蘇聯利用報刊、電台電視「公開性」，波蘭團結工會贏得了出版一份發行量爲五十萬份的日報的權力，另外這家獨立工會在國家電台還可以有一小時的節目，每周可在電視台露面半小時，波蘭政府進一步提出要停止一切新聞檢查，匈牙利決定結束對報刊的壟斷，允許任何黨派和個人（包括外國人在內）創辦報紙，建立電台與電視台，匈牙利和波蘭的記者可以經常報導關於反對派的消息。

任何一個國家的政府都想建立自己的權威感，問題在於這種領導權威只有在新聞自由的環境下形成

，才是真正受到人民擁護的民主權威，在新聞不自由的條件下所形成的領導權威只能是專制的權威，至多是人民敢怒不敢言的權威。

同學們，中國這個大國的命運主要担在我們的肩上，堅定而冷靜地幹下去吧！我們並不沉迷於眼前的成果和熱烈的場面，我們要求的是在民主旗幟下徹底改變整個中國。

北師大民主論壇

全國各族人民、工人、社會各界知名人士聯合絕食請願團宣言書

全國各族人民、工農商學兵、社會各界知名人士、共產黨員、解放軍各兵種、公、檢、法、司、安、人民武裝警察部隊、各民主黨派團體、個體戶、公民們、港澳同胞、各國留學生、華夏兒女們：

近一、二個月由北京高校自發而起的民主救國運動，在國內外產生了巨大的反響。運動的實質是：解決政府腐敗、官倒、新聞開禁、言論自由、反對獨裁專制、人民民主治理國家，將千瘡百孔、積弊叢生的祖國從危亡中拯救出來，保証改革的順利進行，振興中華。

從四月廿日迄今，高校學生分別以對話、靜坐、絕食，而發展到全國全民性的遊行、抗議、示威，三千名絕食的同學中有二千多昏倒，他們陷入了傳染病、終生致殘及併發症猝然致死的險境中。近日來，全國各地多次爆發了各種規模的示威遊行。

紛紛抗議李鵬政府無視民主與法制，公然誣蔑這場偉大的民主愛國運動是「動亂」，並用武力予以鎮壓和對北京實行軍管和戒嚴的倒行逆施，李鵬政府已經背叛了全民族的利益和要求，他們已經不是人民的公僕，而是地地道道的封建君主、官迷和權力狂！

鑒於這場鬥爭的嚴峻性和複雜性，爲了堅持到底，爭取勝利，避免前功盡棄。我們決心迅速把堅持

鬥爭在天安門廣場的全體大學生替□出□，爲了表達全國人民的願望和要求，我們決定成立「全國各族人民、社會各界知名人士聯合絕食請願團」，並發表本宣言書。

一、組織機構及具體事宜：

1.預計請願人數一～五千人。

2.組織機構：設秘書宣傳處，審查保衛組，通訊聯絡組，急救醫療組。

3.報名形式：持證件自願報名。

4.絕食地點：人民大會堂、新華門兩處。

5.報名地點：人民英雄紀念碑正面二層台。

6.報名日期：五月二十八日至二十九日，絕食始於三十日。

7.接洽人：華夏子。

8.發起人：國家各部委部分領導、工作人員、社會各界知名人士、工人、農民、市民和留學生、軍人等。

9.截止日期：根據事態發展酌定。

二、具體議程和絕食請願內容：

1.政府迅速撤兵，廢除「軍管」和「戒嚴」令。

2.必須爲學生民主愛國運動正名，是「救國」！不是「動亂」，真誠支持全國各族人民的民主自由運動，絕對不允許以各種藉口予以打擊和鎮壓。

3.要求新聞和言論自由，大赦國內言論政治犯。

4.要求迅速將不義之財上交國庫，交出「官倒」子弟，人人報帳，歡迎有錯即改，歡迎真誠的領導和領袖。

5.要求迅速清理整頓中央政府的裙帶幫。

6.要求立即改組中央政府，老的退休、淘汰昏官、庸官和惡官，選拔人民真正的公僕，掌管國事。

7.要求對專權瀆職，昏庸無能的李鵬、楊尚昆等人予罷免撤職，並歡迎自動解職。

8.國家不能羣龍無首，要求能爲代表人民利益的趙紫陽同志主持工作。

9.要求盡快修改憲法。

10.反對權術者和機會主義者趁機發動兵變和政變。

11.要求保護全國人民的民主權利，不准鎮壓和「秋後算賬」。

□□□□但是：爲了真理和正義，爲了民主救國運動的徹底勝利，不怕開除黨籍、公職，不怕開除幹部隊伍，丟掉領導職務。不怕殺頭和坐牢，我們已經做好了一切準備，不惜爲整個民族利益而獻身！

偉大的中國共產黨萬歲；

民主永存，真理必勝；

偉大的中華民族精神不死；

全國各族人民、社會各界知名人士聯合絕食請願團籌備組．五月二十六日

對於市容保清隊專派民工撕碎傳單的調查

五月廿五日夜一點四十左右，在新街口一帶，市民發現一隊深夜出來，專門撕碎牆上傳單的外地民工，當即制止了他們的行爲，並協助恰好路過的八位北師大同學，將民工帶到北師大自治會總部，對當時情況進行了查詢質問、調查。現如實報告如下：

被發現撕碎傳單的民工共六人，住在教樓西大街二三三號地下。三個月以來，一直在西城區市容保清隊工作。現有詢查記錄民工照片、被撕傳單照片、所用工具（簸箕、條帚、刮刀）實物照片等証據及若干行人爲憑証。

問：是誰派你們出來的？

答：西城區市容所。晚上十點左右所長陳文光召集我們佈置任務，並給我們每人發了一把新刮刀。

問：你們的任務主要是幹什麼？

答：就是撕毀新北大街一帶的大字報、傳單。

問：工作時間？

答：規定從二點幹到六點。

問：可是你們在一點四十就開始幹了?!

答：市容所所長在一點三十親自騎車把我們領到新北大街，他走後我們就開始幹了。

問：有什麼獎賞？

答：我們本來是臨時工，工作一天報酬四元。現在我們幹這個，白天就可以睡覺，不去掃大街了。

問：你們知不知道這樣做是在破壞整個民主運動，市民不會輕饒你們？

答：我們知道。我們也不願意幹，是他們逼着我們幹的。我們本來打算廿五號拿了工資就回家，可是他們怕我們走，就扣發工資。我們没路費回家，只好幹。

問：你們不會像學生、工人那樣團結起來，反抗命令嗎？

答：我們跟所長吵過。他把我們罵了一遍，然後威脅我們，說不幹就別想拿到工資。

問：你們撕了幾處？

答：剛撕兩處就被發現了。

問：幹的時候你們是怎麼想的？

答：心裡非常緊張，不願幹又不得不幹，害怕被人發現。

問：市民發現以後，怎樣對待你們的？

答：有人想打我們，更多的人說我們缺德、没良心。

問：你們出來時想到可能被打嗎？

答：想到過。但市容所所長說他會保護我們。

問：實際情況如何？

答：事實上他早就騎車跑了。

問：你們對這次運動怎麼看？

答：大學生絕食也是爲我們農民說話，我們聽了都掉眼淚。我們還拿過大學生送的傳單，頭頭發現後，把我們罵了一頓。

問：你們打算今後怎麼辦？

答：絕不幹這種事了。家裡人知道我們幹這種事肯定會罵我們的，你們大學生做得對。我們也有良心，以後我們想辦法回家，不給他們幹。

調查結束後，我們給他們開了收據，留下了他們的工具，並送給他們食品，把他們送到校外，交待市民一定不要傷害他們。

傳單是我們宣傳的主要方式。政府用心如此險惡，路人皆知。

北師大自治會宣傳部・五月二十六日

學運漫記

一九八九年四月十五日晚，首都各高校的校園內貼出了胡耀邦同志逝世的布告。耀邦是深得各界人士好評的。他主持召開關於實踐是檢驗真理的唯一標準的討論，解放了全國人民的思想。他糾正了文革中的冤假錯案，爲一大批的「牛鬼蛇神臭老九」平反昭雪。他積極主張改革，體察民情，關心人民的疾苦。他也表示對青年學生的理解和支持。正因如此，他八六年的寒冬裡被托詞違背集體主義原則而被彈劾下來了。

現在，他逝世了，人民緬懷他，學生哀悼他。自十五日晚開始，首都各大學校內天天張貼出無數張的悼詞、懷念文章。在很多文章中，廣大學生都提出了中國現今存在的很多問題，尤其是對中國現今社會上盛行的官僚，腐敗現象痛心疾首。我們學生提出了反對官僚、剷除腐敗、民主萬歲、自由萬歲、新聞自由等。悼念耀邦的活動也在進一步展開，北京大學設了耀邦靈堂，清華大學也設了靈堂。小白花、小花圈在校內隨處可見。

開始不斷有學生到廣場等地悼念耀邦。四月二十日，數百名學生前往中南海送花圈，在新華門前遭到北京政府的數名軍警的追打、鎮壓。很多學生被打得鼻血直流，哭喊聲遍於四野。有兩百多名同學不顧軍警的粗暴鎮壓，堅持靜坐於新華門前，當局決定凌晨五時撤離，時間一到，只見四面八方衝來軍警無數，也不分青紅皂白；把這兩百多學生强行挾持到早已準備好的兩輛公安車上，有的同學不肯上車，

當即遭到一頓拳打腳踢，他們甚至連女同學也不放過，揪頭髮拳腳相加，有個男同學見此慘狀，大呼：要打就打我吧！當即被軍警的重手重拳打翻在地，半天不見起來。清華大學有兩個同學是其中之二，兩人還幸運，身上只有些小傷，都是軍警給打的，他們被警車拖回講演區，從車上扔下。兩人只得蹣跚而行，步回學校，他們向同學訴此慘狀，淚流滿面——就是「四、二〇慘案」。

暴行激怒了廣大青年學生。四月二十一日晚十時，首都十九所高校約十萬多大學生在北師大會師，步行前往天安門廣場。悼念耀邦，和平請願。學生糾察隊手拉着手，集成人牆，保護遊行隊伍。大學生們高唱「國際歌」、「國歌」等最具革命的歌曲。高呼「耀邦千古」、「打倒貪官污吏」、「打倒官倒」、「新聞自由」、「民主萬歲」、「自由萬歲」、「人民萬歲」、「愛國無罪」等口號。很多市民沿途觀看，都鼓掌支持。隊伍秩序井然地於二十二日凌晨一時五十分左右到達廣場，然後按照順序進入。學生們在廣場上席地而坐，開始了長達十七、八個小時的靜坐活動。北京的晚上，寒風徹骨。學生們堅持着，大都粒米未進，滴水未沾。這時廣場上的國歌、國際歌聲此起彼伏，廣場氣氛雄深悲壯。

天亮了，月亮西沉，太陽東升，艷艷朝陽，宛如蒼天之眼。華燈關閉，萬千雙眼睛，亦如大地之目。學生們熬過了漫漫長夜，迎來了二十二日黎明。

二十二日十時整，耀邦同志的追悼大會正式開始，廣場上的喇叭響起了哀樂。學生們全體起立，面向大會堂。十一時三十分左右，一批又一批的參加追悼會的官員們來到大會堂門口，觀看請願學生。這說明大會堂內的追悼儀式已基本結束。學生們派出了三名代表到大會堂前，請求當面呈交請願書給李鵬總書記。請願書主要內容是要求與政府平等對話，要求打倒官倒，反對腐敗，新聞立法。但無人理睬。廣場學生也高呼：「對話，李鵬出來」。但大會堂內的高官厚祿者無一予以理睬。萬般無奈，情急之下，三位代表在大會堂的國徽下跪下了！他們手裡捧的是十萬多學生的赤子之心。但雖然跪達半小時以上，仍無人理睬。要知道，這時大會堂內有的是總理、部長。再跪下去也 無濟於事了，學生們高喊「代表回來」，並派人將代表喚回，三位代表的學生抱頭痛哭。哀國家有這樣 漠視民衆之總理，哭自己爲民請願之無路！

下午二時，學生們得知耀邦遺體已從大會堂西門悄悄送出，廣場上的人也是越來越多，爲避免造成混亂，他們整齊地排着隊，順序退出廣場。

面臨這種漠視民衆的態度激憤了廣大的首都大學生。四月二十四日，北京高校聯合自治會成立（下簡稱高聯），宣布北京首都高校總罷課，以示抗議，並提出如下七條，要求政府正式答覆：①是重新評價胡耀邦同志的是非功過；②新聞自由、新聞立法、民間辦報、新聞作爲人民的喉舌；③增加教育經費，切實提高知識份子待遇；④重新評價八六年底學運；⑤公布四二〇警察毆打學生真相，懲辦兇手；⑥反對官倒政府腐敗，真正扭轉黨風；⑦如實報導一切學運之真實情況。學生運動正式有了自己的統一領導，一場有組織有紀律的愛國民主運動即將掀起。

政府則開始採取新聞封鎖等高壓，學生們的信件均被扣壓數月以上。「世界經濟報導」因登載學運消息，當日報紙被迫改版重出，總編欽本立被撤，新聞壓制開始了。政府聲稱是一小撮人在搞陰謀。

在罷課期間，學生開上街宣傳七條。宣傳這次學運的目的，聲明學運決非動亂並且學生們一直在呼籲政府盡快與學生直接進行平等、真誠的對話，共商國計，共同保護中國自由、民主、改革前途。堅決有效地打倒官倒，剷除腐敗，這些無疑是深入人心的，帶有建設性的，這從以後工人、知識界、廣大人

民羣衆對學運的支持和直接參與可以看出，如果這時政府放下架子，與學生真誠對話，共商大計而不拖延、冷漠對待，則學運到此則可告一段落，這對國家、對學生、對政府均是大有利的。但是，政府却走上了另一條路。四月二十六日，在採取北京市個別領導□□之後，鄧小平講話指學生運動是一場動亂，並說我們有三百萬軍隊，不要怕罵娘，不要怕國際上有人說：越軟越被動。據此，四月二十六日，人民日報發表社論「旗幟鮮明地反對動亂」，正式將學運定性爲反黨反人民的政治動亂。

政府這種忽視事實，不察民心，以謊言來蒙蔽不明真相的廣大人民的無耻行徑，以威脅來壓制人心的卑劣手段，更進一步地激憤「首都各高校」。四月二十七日，爆發了更大規模的大遊行，學生們還和歷次一樣組成糾察隊，手拉手，秩序井然地從海淀中關村開始進發，沿途各校不斷加入，其中有外地派往北京的代表，政府派了軍警來攔阻，但在廣大市民的支持下，衝破了軍警的堵截，學生們喊着「爭民主」、「爭自由」、「反官倒」、「新聞立法」、「平等對話」、「和平請願」等口號，一路受到廣大市民的熱烈歡迎，市民們喊着「大學生萬歲」、「謝謝大學生」以示支持，當局調新軍入京，在廣場集結以示恫嚇，但遊行取得了圓滿成功，未發生任何衝突、傷亡事故。

政府迫於各界的呼籲，開始了敷衍了事。四月二十九日下午，首都十六所高校的四十五名學生與政府發言人袁木、何東昌等進行所謂的□□對話，但衆所周知袁木、何東昌極盡狡辯、欺騙之能事，答話閃爍其詞未能達成任何實質性結論，故未被學生承認。

學運仍在繼續中，其它各大城市也有學生開始遊行示威，到五月四日，首都高校又一次開始大遊行，聲援「世界經濟導報」。所提口號要求與前幾次無二，但這次尤其喊出「要對話，不要訓話」。强烈要求平等對話，同時，高聯向中央□□局、國務院辦公廳等有關機關遞交了「對話十二條」，要求平等對話，並且提出要將對話實況轉播等具體措施。但政府未能答應，袁木在五月三日下午的新聞發布會上說：「學生要與政府平起平坐，這種想法是很幼稚的。」

在遊行後，高聯宣布復課，等待政府的反應。但政府開始了拖延政策，一直未給學生滿意的答覆，到五月十日下午，部分高校又組織了一次騎自行車大遊行，主要是要求平等對話、新聞自由，並到了中央廣播電台、電視部、新華社、「人民日報」社等新聞機構進行示威，以示對政府利用手中的電台、報紙進行的對學運的污衊、歪曲活動的抗議。

政府雖一直仍稱正在多層次、多渠道地與學生進行對話，但其實是表面現象而已，始終未能真誠地與學生達成任何實質性的、建設性的成果，而且政府態度一直未變，一直說是「一小撮」人挑起的一場動亂。五月十三日，部分高校憤然宣布開始在天安門廣場絕食，開始了驚天地、泣鬼神的鬥爭。這時，首都高校紛紛宣布重新罷課聲援絕食。十三日當晚在廣場人民英雄紀念碑北側即樹起絕食大旗，當場有五、六百學生絕食隊伍。

絕食造成了巨大的影響，首都各界人士紛紛起來走上街頭，聲援學生絕食，敦促政府趕快走出來與學生對話。學生絕食時，就聲明只要政府答應兩條：一是正式平反這次學運，爲四二六社論做出公開道歉；二是能真誠與學生對話，就停止絕食。五月十四日，政府又假惺惺地與學生對話，也沒有轉播，仍一味堅持過去的觀點和態度。學生發現政府再次行騙，對話再次流產。五月十五日，絕食隊伍和請願聲援隊伍不斷壯大。到五月十八日，國務院總理李鵬與學生代表吾爾開希、王丹等會面，雙方未做任何妥協和讓步。李鵬的態度十分强硬，根本不顧絕食同學的生命安全。

絕食請願初期，聲援的隊伍大都來自首都各高校的學生和部分教師。首都人士採取了極其理智和克制的態度，都期望中央迅速作出反應並平息事態，然而事實令他們失望，到十七日，絕食進入了第五天，政府仍未答覆，政府已失去了基本的人道主義精神。人民忍無可忍了。北京市民開始遊行。十五日就有首都知識界和新聞工作者走上街頭，十六日以首都新聞界爲主體的聲援團來到廣場，它們是「人民日報」新華社、「中國青年報」、「工人日報」、「光明日報」、「中央電視台」、「中國科技報」、「中國婦女報」等與首都的作家、教師等組成了數逾四萬人的知識分子遊行隊伍，「人民日報」記者打出了「四・二六社論不是我們寫的」「新聞要說真話」等標語，到十七日，在街上聲援學生絕食，敦促政府迅速答覆的遊行請願隊伍空前壯大起來。廣大市民，以首鋼爲首的工人、知識界、新聞界、中學生、農民甚至「四大皆空」的佛學界中國佛學院身著道服也前來示威遊行。有一封代表著北京各型電機廠廣大工人、幹部、科技人員的「聲援信」，懇請政府立即作出明確而有實際內容的答覆，拖延下去將激化矛盾，損害國家民族利益和國際信譽。

政府是堅決不要人道了，五月十八日絕食進入第六天，大批的絕食同學紛紛倒下，有記者從各大醫院救護所得到確實消息，十三日倒下十多名，十四日二十四時又十多名，十五日一四〇餘名，十六日六〇〇餘名，十七日六時許，一千一百六十餘名，二十時，昏厥學生已達二千多人，幾天內，無論是白天還是晚上，都能聽到不時傳來的救護車揪心的聲音。

廣大的學生，仍堅持在天安門廣場靜坐示威，聲援絕食同學，外地也不斷有學生前來聲援，廣場上靜坐學生一直保持在二十萬左右，還有好多學生不分白天黑夜，組成糾察、交通警、維持秩序。爲保護救護車的正常通行，還建立了「生命線」，好多同學都是幾夜幾夜地沒有闔過眼了。北京的五月，白天炎熱，晚上徹骨，真是難熬極了。

五月十九日凌晨四時許，李鵬趕緊趕到天安門廣場看望絕食請願的學生，本來各世界人士視為情況有所轉機，但到了五月二十日，李鵬召集黨、政軍大會，聲明這次學運是一場動亂，並悍然下令，宣布北京於二十日上午十時起開始戒嚴，實行軍管，並開始從各軍區調集軍隊，開往北京，李鵬政府為挑起市民的不滿，製造學生與各界人士之間的矛盾，故意命令停止一切公交車輛，減少市民食品、蔬菜等供應，並撤離交通警察妄圖製造動亂，再藉口加以鎮壓，由於市民的大力支持和大學生的努力，未發生混亂，而且一個月來的治安是良好的交通事故明顯減少，火警減少百分之三十以上，試問，既然政府也在電台、廣播室承認了這些事實，那宣布戒嚴、實行軍管，用意何在？二十晚上開始，在北京各城郊均發現有大輛軍用卡車滿載士兵、荷槍實彈，駛向北京城，結果均被廣大的市民所阻攔。到五月二十一日，由於廣大市民和學生紛紛用路障阻攔軍車，故北京市未能實行戒嚴。經與軍隊接觸，方知廣大解放軍戰士也不明白，他們要執行的真正任務。他們被告知是來北京搞演習拍電影，甚至還是來割麥子，學生們向他們進行宣傳，說明了事實真相，廣大解放軍戰士均被廣大同學尤其是絕食同學的愛國熱情所感動，有的甚至淚流滿面，他們說：「我們是人民的軍隊，我們死也不會向學生開槍的。」在市民和學生阻攔他們時，他們體現了良好的組織性、紀律性，未與學生、市民發生任何衝突，相對的，那些政府派出的防暴警察，為了給軍隊開路以鎮壓這次全民愛國運動，對學生大打出手，結果，廣大工人羣衆再也看不下去了，把這些鷹犬打得抱頭鼠竄，跪地投降為止。

到五月二十三日，軍隊仍被市民和學生阻攔，戒嚴令成了一紙空文，廣大部隊戰士明白了真相後，表示要與人民站在一起，一些高級將領呼籲軍委部隊不能向人民開槍，取消戒嚴令。

下午，首都各界百萬人冒傾盆大雨遊行，聲討以李鵬為首的一小撮與人民為敵，以流氓手段，製造

社會混亂、嫁禍於人民，以暴力手段取代以民主法制的和平方式解決事態，抗議對祖國戒嚴的首都進行軍事管制，破壞首都人民的和平生活，給人民造成了嚴重的精神壓力。

目前，學生及廣大人民羣衆正與政府處於對峙狀態，政府的陰謀一次次被粉碎，終究未能得逞。政府可能正想拖垮這一切由學運而轉化成的民主愛國運動，故我們急切需要全國廣大人民團結起來，共同來促成我國的民主愛國運動。

結束語：

在這場運動中，青年學生以合法手段提出了合理要求，表現出高度的理智、冷靜和秩序，堅持以民主、法制的方式來解決問題，事態之所以發展成今天這種局面，完全是由於政府一拖再拖，無視學生生命，强姦民意，頑固堅持其錯誤立場所致。李鵬政府已完全失去了黨心、民心，走到了人民的對立面，如不立即阻止他們的倒行逆施，人民共和國將斷送在他們手中。

學生絕食以示天下，震動了北京城，震動了全中國，震動了全世界！

同胞們，全民愛國運動運動的序幕已經拉開，天下興亡，匹夫有責。當每一個中國人都正氣凜然地舉起響錚錚的拳頭，專制王朝最後堡壘就將在人民的怒吼聲中倒塌下來！

人民萬歲！共和國萬歲！

清華大學・五月二十七日

飢餓報 HUNGER

編輯出版：北外民主論壇社（北京外國語學院）

一九八九年五月二十八日／第一期

■發刊詞

五月愛國學生運動喚起了民衆、社會各界，各階層都行動起來。爲鞏固和擴大這次學運的成果，爲今天的「五四」精神能繼續發揚，我們特出此刊，作爲一個民主論壇，爲廣大有識之士、熱血青年提供一塊民主園地，爲所有關心民族前途、命運的人們充分發揮自己民主權利的陣地。

當今社會知識分子飢，廣大民衆渴，絕食勇士們更感到餓，但是這種飢渴並非食物所能填飽，這是對民主、法制、自由、人權及科學的渴望與追求。爲此我們取名「飢餓」。

說真話，說想說的話，這正是「飢餓」的宗旨；學生老師所關心的，民衆所期待的，正是「飢餓」所要探討的。民主、言論自由在「飢餓」報上將得到最好的體現。熱誠歡迎同學老師及各界朋友就民主、法制、自由、人權、科學、民族命運及時事分析等領域向我們投稿，展開爭鳴，充分享受憲法賦予我們言論自由的權利。

■歷史將記下這光輝的一頁

自四月以來震驚世界的偉大愛國民主運動已經持續一個多月了。這個運動由學生首先開始，逐漸發展成爲全民運動，其規模之大，其勢之猛，其影響之深遠，其受民衆支持範圍之廣，其鬥爭藝術之高，都是古今中外，聞所未聞的。它在中國乃至世界歷史中將成爲光輝奪目的篇章。這一點在億萬人民羣衆的心目中，已經成爲無法改變的定論了。

目前，這場運動雖然並沒有結束，敵視這場愛國民主運動的勢力也沒有放棄否定乃至鎮壓這次運動的企圖，而且人民羣衆的最起碼的要求也並沒有得到滿足。但是，這個運動已經取得偉大的成就。它向全國表達了人民的意志，喚起了民衆的民主愛國熱情，挫敗了種種暴力鎮壓的威脅，從而從政治上宣判了專治獨裁的滅亡。

我們當然懂得，在中國要實現民主，要進行真正深刻的改革，要使我們國家真正富強起來，還要走很長很曲折的路，還要付出巨大的代價。但不論目前的鬥爭如何結束，中國歷史發展的大方向是改變不了的。中國人民決不會忘記在這場運動中爲了祖國命運不惜隨時犧牲個人生命的英勇鬥士。中國人民作爲國家的主人也決不會再低下驕傲的頭，中國的專制勢力也決不可能恢復原來的威風，繼續爲所欲爲。總之，中國決不可能再成爲過去的中國，一個新時代實際上已經開始。

在這個新時代中，知識分子已成爲社會的中堅。長期以來，軟弱依附的局面一去不復返了。在這個新時代中，民主與自由已不再是違禁品，人民已莊嚴宣告自己是真正的主人。在民主面前一切象徵權力、威勢和暴力的東西都已無能爲力了。在這個時代中，憲法已不再是一紙任人踐踏的空文，而已成爲人民爭取民主自由的强大武器，人治崩潰了。在這個時代中，變革腐敗的政治已成爲任何人都無法迴避、拖延、搪塞、阻撓的急迫課題。經濟改革也必將因爲有同步進行的政治改革而更加深入下去。而隨着民主與政治經濟改革的勝利，社會主義的理想必將發出真正的光輝，從而逐步建立一種人類嶄新的文明。

讓我們爲已經取得的偉大成就歡呼吧！

■評致電表態

各省委、省政府、各軍區、各總部紛紛致電黨中央、國務院支持李鵬「五·一九」講話。這也許就是他所希望的支持和擁護。歷史有驚人的相似之處。一九七六年四月五日成千上萬的羣衆在天安門廣場集會悼念我們敬愛的周總理，聲討「四人幫」，這一革命行動被打成「反革命事件」。「四人幫」深知他們的倒行逆施行爲得不到廣大人民羣衆的支持，於是迫使各省、自治區、各大軍區領導表態，這些領導迫於壓力紛紛致電中央表示支持。但不到半年「四人幫」倒台，那些表態的領導痛心疾首，後悔自己說的違心話。事隔十三年，李鵬把以學生爲先導，有廣大人民羣衆參加的愛國民主運動污蔑爲「動亂」，發表了殺氣騰騰的「五·一九」講話，又迫使各省、自治區、各大軍區領導表態。這和一九七六年的做法何其相似乃爾？至於李鵬總理的命運是否會跟「四人幫」一樣，筆者不敢輕率下結論，但有一個事實必須指出，「四·五」革命被鎭壓下去後並沒有出現把矛頭直指「四人幫」的羣衆遊行；而「五·一九」講話到現在要求李總理下台的口號聲在羣衆遊行的隊伍中響徹雲霄。

李鵬聲稱，他採取的果斷措施一定會得到全體共產黨員、共青團員、工人、農民、知識分子、民主

黨派人士、各界人士和廣大羣衆的支持和擁護，一定會得到人民解放軍的支持和擁護，可到目前爲止這樣的擁護和支持僅僅停留在他的講話中，回答他的是聲勢浩大的示威遊行和强烈的抗議。在講話中他並沒有說希望得到各省、自治區、直轄市領導的支持和擁護。事情就這樣奇怪，希望得到的支持沒有來，沒有談到的支持却來了。各省領導的支持就真的是人民的支持嗎？對此不得不打個大問號？

本報評論員

■評「人民日報」四・二六社論

一九八九年四月，中國歷史上發生了最壯觀的自發的愛國民主學生運動。在這場運動中，愛國學生們憂國憂民，對當前我國政治生活和經濟生活中的專制獨裁、官倒、貪官污吏和政府腐敗等許多問題提出了批評，他們要求民主和自由，要求新聞說真話。這些要求順乎民心，說出了全國廣大人民的心裡話，理所當然地引起了全國廣大人民積極反響。

然而，正當愛國學生熱情高漲地掀起民主運動時，李鵬等人却突然於 四月二十六日通過人民日報發表了一篇社論，把這場轟轟烈烈的愛國民主運動說成是「一場動亂」，說成是「一小撮別有用心的人挑起的」，其目的是破壞安定團結。他們把社會上一切不正常現象都歸罪於這場愛國民主運動，把所有的髒水都潑到了愛國學生頭上。他們認爲，抓住了「安定團結」這面旗幟就抓住了真理，就可以欺世盜名，欺騙中國和世界輿論，嚇住廣大愛國學生和全國人民。他們以爲發表了這篇社論，就可以把這場愛國民主運動壓制下去，就可以顛倒黑白，否定這場愛國民主運動的大方向。但是，他們低估了廣大愛國

學生和人民的力量和覺悟，這場運動不僅沒有被壓制下去，反而愈來愈壯大。目前這場愛國學生運動已發展成中國歷史上最有劃時代意義的全國性的愛國民主運動。這場愛國民主運動的大方向已被全國廣大人民肯定，李鵬等人妄圖否定它的大方向是徒勞的。「四・二六」社論强加在愛國學生頭上的破壞安定團結和動亂的罪名是不值一駁的。李鵬等人所謂的「破壞安定團結」和「動亂」，就是因爲愛國學生們表達了要求民主和自由的願望，就是因爲學生們揭露了封建專制獨裁、官倒、貪官污吏和腐敗現象，這種揭露觸及了李鵬等人的痛處，危及了他們的既得利益。李鵬等人所謂得安定團結，實際上就是要人民容忍一些人爲所欲爲，讓官倒們、貪官污吏們繼續侵吞國家財產，而不要批評。他們從來沒有把胡作非爲的各級政府官員叫做動亂，他們從來沒有把橫行在鐵路上的盜賊叫做動亂，他們也沒有把執法犯法的那些人們叫做動亂，唯獨把揭露這些醜惡現象的愛國學生叫做動亂。回顧四・二六社論發表以來北京市被稱作動亂的日子，人們不難看出，挑動真正動亂和破壞安定局面的恰恰是四・二六社論，恰恰是李鵬等人。事實是最爲難辨的，讓我們用事實來說話吧：正當廣大愛國學生和市民懷着悲痛的心情集中到天安門廣場和十里長街，沉痛悼念胡耀邦同志的時候，李鵬等人出乎人們的意料地調來了三十八軍，使本來和平悲哀的吊唁活動充滿了火藥味，毒化了首都的氣氛；正當廣大愛國學生羣情激憤地和平上街聲討官倒和貪官污吏時，李鵬等人發表了四・二六社論，把莫須有的罪名强加到廣大愛國學生頭上。這篇社論像一桶油，像一把火，立即點燃了愛國學生和廣大市民的萬丈怒火，從而爆發了聲勢浩大的四・二七大遊行；正當廣大愛國學生不惜犧牲自己生命在天安門廣場進行絕食，許多學生的生命受到嚴重威脅時，李鵬口頭上虛僞地要和學生對話，而暗地裡却在調兵遣將，調來了上十萬軍隊。十萬大軍兵臨城下，隆隆的坦克和裝甲車、大炮立即使千萬和平的市民陷入一片白色恐佈之中。儘管李鵬等人利用獨家宣傳工具，千方百計地想使北京市民相信，他們調軍隊來是維護首都秩序的，但是市民們已經看到了鐵的事實，他們親眼看到毒氣瓦斯車，看到武裝直升飛機在天安門廣場上盤旋。他們再也不相信李鵬等人的僞善宣傳了。他們紛紛走上街頭，聲援學生的愛國運動，面對着坦克和大炮，他們食不甘味，夜不能眠。動亂，就是這樣被李鵬等人有計劃，有步驟地挑起來了。

和李鵬等人形成鮮明對比的是真正渴望安定團結的廣大愛國學生和北京市民。在這些難忘的日子裡，北京千萬市民和愛國學生表現了空前的團結一致，他們爲維護首都的安定團結作出了巨大的努力，取得了難以置信的成績。被李鵬等人操縱的官方宣傳機器也不得不承認，在這些被稱爲動亂的日子裡，北京的刑事犯罪率明顯下降，交通事故大幅減少，北京沒有發生一起打砸搶事件。市民們一致公認現在大街上吵架的人也少了。愛國學生們在這場轟轟烈烈的愛國民主運動中所表現出來的理智、冷靜、克制和紀律受到全國人民和世界輿論的一致公認。他們不僅自己嚴守紀律，而且還主動地派出糾察隊，保衛人民大會堂，保衛新華門。他們在官方故意撤出了全部交通警察的情況下，主動地負起了指揮交通秩序的任務。他們不僅在上街遊行和絕食過程中秩序井然，而且到處宣傳維護秩序和紀律，制止一些不明身分的人的過火行爲、李鵬等人千方百計想製造事端，製造口實，但是他們徒勞了。北京市民和全國人民看得清清楚楚，以愛國學生爲代表的廣大人民才是真正維護安定團結的力量。李鵬等人妄圖把安定團結作爲一根棍子打擊一切敢於揭露他們倒行逆施的人，打擊一切敢於危及他們既得利益的人們，這種險惡用心是昭然若揭的。千百萬北京市民和愛國學生在這些日子裡表現出來的空前團結的鐵的事實已經粉碎了李鵬等人的謊言。炮製四・二六社論的李鵬等人愚弄人民，嘲弄歷史，到頭來必將受到歷史的嘲弄，決沒有好下場！

■廢除戒嚴令

戒嚴令的發布是與「動亂」連在一起的，而「動亂」又是與歪曲學生推進民主的愛國運動，歪曲北京的實際情況連在一起的。不管李鵬如何巧作辯解，但他心目中「動亂」的主體就是學生的遊行示威、絕食鬥爭和社會各界的聲援。一個多月來的學生運動，秩序井然，學生表現出極大的理智和克制，這是有目共睹的。但在李鵬的「五．一九」講話中，北京卻成了「公共交通到處堵塞，黨政領導機關受到衝擊，社會治安惡化」。事實是北京這一段公共交通事故、火警次數、犯罪案件都少於往年同期。由此可見「嚴重動亂」這一結論不是根據事實得出的，而是爲了給實施戒嚴令提供藉口，是出於某種政治上的需要。

戒嚴令是否是針對學生和市民的呢？戒嚴部隊指揮發言人和北京市政府發言人都說不是。但只要研究一下陳希同簽署的一號令，就會明白這位發言人未講實話。一號令第二、三條規定：「戒嚴期間，嚴禁遊行、罷課、串聯、演講、散發傳單」。試想，遊行請願的主體是誰？是學生，是北京各界羣衆。罷課的是誰？是學生。串聯、演講、散佈傳單的又是誰？都是學生和廣大市民。這難道還能說不是針對學生和廣大市民嗎？一號令第六條規定：「發生上述應予禁止的活動」軍警「有權採取一切手段」，「强行處置」。什麼叫「一切手段」？「一切手段」就包括武力鎮壓、拘留、逮捕。也就是說戒嚴令一旦實施，廣大學生、市民就被剝奪了憲法賦予的權利，就失去了自由。誰要維護這些權利誰就會受到「强行處置」。因此，戒嚴令就是剝奪羣衆言論、集會……的自由，就是鎮壓羣衆，就是搞刺刀下的秩序。這是顯而易見的，不是謊言能夠掩蓋的。

我們這樣說，並不是在指責人民的子弟兵。廣大官兵是在對北京真實情況一無所知，在操練、演習

等種種藉口下，被騙到北京的。如果李鵬等人的行爲光明正大，爲什麼不向廣大官兵講真話，而要採取不許看報，不許聽廣播，只讓學四·二六人民日報社論的手段，封鎖消息，歪曲真情，淨化他們的頭腦呢？這難道不是要讓廣大官兵視首都的學生、首都的市民爲暴民，爲參加「動亂」的壞人嗎？

不僅如此，調動一、二十萬大軍，配備坦克，裝甲車，催淚瓦斯車，從幾個方向包圍北京，顯然有着更深的政治目的，因爲維護治安並不需要坦克等重武器，也不需要一、二十萬大軍。這個目的是什麼，應由李鵬來回答。

因此，廢除戒嚴令就是否定「動亂」，就是捍衛民主權利，捍衛自由，就是挫敗李鵬的政治目的，這應該是我們當前的主要目標。

■老牆

那是一堵非常非常老的牆，
連記憶都隨歲月的流逝而褪色，
然而，牆，依然古老。
一堵世紀的老牆。

在我爺爺的爺爺的時候，
就已捨出生命對你發出攻擊，
然而今天，你還未塌去！

你就倚老賣老吧，老牆！
可是你卑鄙地鎖着一個巨人的身軀，
你的黃褐色的肌膚不再有舒滑的顏色，
你的瘡痍的面孔爬滿了不幸的印記，
——文明留下的東西在嘲弄文明，
那是後代人發出的沉重的嘆息。
古人贊嘆「一枝紅杏出牆來」，

嗨，羞羞答答的愛情。
我看不如讓牆轟然塌掉，
——一整株的紅杏在眼前
大大方方地婷婷玉立……

■給故鄉親人的一封信

親愛的伯母：

夏安！

您說您一宿一宿地睡不着覺，爲我担心，我想您是多慮了。

雖然有俗語說，當局者迷，旁觀者清，但我想對於這場運動的認識，旁觀者一定不會比我們當事者更清楚。因爲政府在竭力進行消息封鎖，不讓外界知道這場運動的真相。一場自發的學生愛國民主運動被說成是受一小撮人挑唆、指使的動亂，然而四、五月的北京城裡，人人學會了謙讓、互助，街頭巷尾充滿了比以往更多的溫馨。這時政府却要調來大批軍隊，來維護秩序。而既是維護秩序，他們還有精良的裝備：瓦斯、催淚彈、裝甲坦克、火箭炮。政府已經善於用謊言來發佈新聞了，而且不慌不忙，臉不變色，心不跳，執政者可謂機關算盡，用心苦良。

人民政府爲人民，可我們的這個政府呢？整天用謊言欺騙、愚弄、挑唆熱愛它的人民。

反動不必只是反黨、反社會主義，而鎮壓人民、逆歷史潮流才是反動。黨章是正確的，可我們的政府，我們的政府首腦李鵬先生已經不那麼黨章了。

前些時候的「四・二七」大遊行和「五・四」我都沒有參加。（我覺得遺憾）

天藍了，香香的槐花掉了，潔白的薔薇在開放。我採一枝野草花信步走在春雨中……。我就這樣觀望着，然而，我終於也不能平平靜靜地在詩書的氛圍中生活了，是「官逼民反」的。

可是，伯母，請不要爲我担心，反動的東西無論怎樣氣勢洶洶、無論怎樣囂張，最後的勝利一定屬於人民。拭目以待吧，您將爲您的孩兒驕傲。中國是咱們的中國！

代問伯父好！並祝

身體安康！

侄女羣兒・五月二十五日

附：北京學生絕食紀實

瞭望周刊第二十二期／一九八九年五月二十九日出版

從四月十五日胡耀邦同志逝世到四月二十二日追悼會結束，全國人民悼念胡耀邦同志的活動，本刊第十八期已有報導。

追悼會將結束時，有三名學生在人民大會堂東門外跪呈請願書，要求與政府對話，未得到答覆。追悼會後，學生撤離天安門廣場，遊行返校。學生中有人稱：「五四再見」。

此後，北京高校部分學生繼續要求對話。校園內大字報有增無減。

四月二十三日。部分高校的部分學生宣布無限期罷課，並繼續要求與政府對話。

四月二十六日。「人民日報」發表題爲「必須旗幟鮮明地反對動亂」的社論。社論說：「在追悼大會後，極少數別有用心的人繼續利用青年學生悼念胡耀邦同志的心情，製造種種謠言，蠱惑人心」，「公然違反憲法，鼓動反對共產黨的領導和社會主義制度。」社論說：「這是一場有計劃的陰謀，是一次動亂，其實質是要從根本上否定中國共產黨的領導，否定社會主義制度。這是擺在全黨和全國各族人民面前的一場嚴重的政治鬥爭。」

當晚，「北京高校自治聯合會」宣布：爲抗議「人民日報」「四·二六」社論，定於四月二十七日上午八時遊行。

四月二十七日。北京高校數萬學生舉行遊行。遊行隊伍外層的學生，手拉著手，禁止外人混入和穿越隊伍。遊行隊伍分東西兩路進入市中心，穿過天安門廣場，在建國門外解散。遊行隊伍的標語口號主要有：「擁護中國共產黨」、「擁護社會主義」、「捍衛憲法尊嚴」、「深化改革」、「清除腐敗」、「和平請願，不是動亂」、「媽媽，我們沒有錯」、「官倒不倒，國無寧日」等。由於政府與學生都持克制態度，遊行隊伍與軍警沒有發生衝突。

四月二十九日。受國務院和李鵬總理委託，國務院發言人袁木，以及國家教委副主任何東昌、北京市委秘書長袁立本等，同北京十六所高校的四十五名學生座談、對話。袁木轉達了黨和國家領導同志托他捎的幾句話：「希望廣大同學能盡快復課。如果大家對國家事務、對社會問題有什麼意見，可以通過正常渠道提出來。」袁木還說，李鵬總理要他轉告：「人民日報」社論當中講到的關於否定中國共產黨的領導，否定社會主義制度的政治鬥爭的問題，是針對極少數人的違法行爲說的，並不是針對廣大同學的。

這次對話之後，首都高校部分學生表示不滿，要求黨和政府的主要負責同志同學生中選舉產生的「對話團」舉行直接的、平等的對話。

在首都部分高校的學生中，繼續醞釀著爲抗議「人民日報」四月二十六日社論、要求平等對話的遊行請願。

五月四日。首都高校數萬名學生又一次舉行遊行，他們喊出的口號與四月二十七日大致相同。同日，首都各新聞單位的年輕編輯、記者約二百人參加了遊行，主要口號是「新聞要講真話」。下午三時許，一名遊行組織者在天安門廣場宣讀了「新五四宣言」，同時宣布「高校學生自治聯合

會」以多數票通過決定：五月五日起，北京市各高校全部復課。

同日，中共中央總書記趙紫陽在會見出席亞洲開發銀行理事會第二十二屆年會的亞行成員代表團團長及亞行高級官員時說：「學生遊行的基本口號是『擁護共產黨』，『擁護社會主義』，『擁護憲法』，『擁護改革』，『推進民主』，『反對腐敗』」「他們要求糾正失誤，改進工作；而肯定成績，糾正失誤，繼續前進，也正是我們黨和政府的主張。」他認爲，學生的合理要求，「應該在民主和法制的軌道上解決，應該通過改革來解決，應該用符合理性和秩序的辦法來解決。」他認爲，「現在最需要的是冷靜、理智、克制、秩序，在民主和法制的軌道上解決問題。」

首都一些報紙和新華社先後報導了趙紫陽的講話在北京師生和各界羣衆中的反響。首都部分高等院校逐漸恢復平靜，但學潮並未結束。

五月九日。首都部分新聞工作者將一份有一〇一三人簽名的請願書送到中華全國新聞工作者協會。請願書要求就中國新聞界近日內對學潮的報導不講真話等問題，與黨中央主管宣傳工作的負責同志進行一次對話。在記者遞交請願書時，北大、北師大等院校近千名學生聚集在全國記協門前，呼喊口號，表示聲援。

五月十二日。國務院發言人袁木舉行中外記者招待會。會上，有記者提問：聽說學生們要在蘇聯領導人戈巴契夫訪華時遊行示威，並要求同他對話，請問政府對此有何反映?袁木回答：我相信，絕大多數同學是會從維護國家政治穩定、社會穩定這個大局出發的，是會維護我們國家的國際形象的。

五月十三日。上午十時三十分，在北大二十九樓前，聚集了近二百名學生。他們以「北大絕食團」的名義集體宣讀了「絕食誓詞」：「我宣誓，爲了促進祖國的民主進程，爲了祖國的繁榮，我願絕食。

堅決服從絕食紀律，不達目的，誓不罷休。」

上午，中共中央辦公廳、國務院辦公廳信訪局負責人通知五月六日向中辦、國辦信訪局遞交部分學生要求與中共中央、國務院領導同志對話的「請願書」的兩名北京高校學生：中共中央、國務院和有關部門負責人將於五月十五日繼續同北京高校部分學生及各界人士座談對話。

上午，國務院總理李鵬來到首都鋼鐵公司同職工座談。李鵬說，學生們的有些意見，如對經濟生活中的混亂現象，黨政機關中的官僚主義和某些腐敗的現象的意見，確實反映了社會上和我們工作中存在的問題。黨和政府正在研究一系列有力的措施，通過民主和法制的軌道來解決這些問題。

中午，北大的二百名學生在學校吃完午餐後向天安門廣場進發，於下午三時二十五分左右到達天安門廣場在人民英雄紀念碑前坐下。

下午四時左右，各校絕食請願的學生陸續進入天安門廣場。隊伍中打出的橫幅有「絕食請願，實屬無奈」，「絕食，不吃油炸民主」、「絕食罷課、請求對話」。學生呼喊口號有：「立即對話，不得拖延」、「鏟除官倒、從中央做起！從領導做起！從現在做起！」絕食學生的頭上大多紮著白色布條，上寫「絕食」、「絕食請願」、「不自由、毋寧死」等。

學生組織的糾察線以內，絕食請願學生打出的校旗有：北大、清華、北師大、北航、北京理工大學、北科大以及「上海絕食請願團」等。

下午五時許，學生在人民英雄紀念碑前旗竿上升起寫有大字「絕食」的黑色大旗。

下午五時二十分，各校絕食學生在一名學生帶領下高聲朗誦了「絕食誓詞」。「絕食請願團」宣布：絕食從五月十三日下午五時二十分開始。

下午六時許，學生負責人在歷史博物館東側舉行了中外記者新聞發布會，並回答了記者的提問。他們稱，停止絕食的條件有二：第一、要政府迅速與北京市高校學生新近選舉產生的「對話代表團」進行實質性的、明確具體的、真誠平等的對話；第二，要求政府對這次學生運動給予公正評價，承認這是愛國民主運動。

市民羣眾包括幹部、教師、工人等，不斷前往圍觀。

入夜，各高校的聲援隊伍陸續來到天安門廣場。晚十一時十五分左右，清華大學數千人遊行至廣場，聲援絕食學生，他們打出了横幅有：「永別了，媽媽」、「改革需要犧牲」等。呼喊的口號有：「反對社論，深化改革」等。

同日晚，中共中央書記處書記閻明復邀請部分學生、教師座談。學生代表在座談中重申他們的兩條要求。閻明復表示，將把學生的要求如實報告黨中央。

中央電視台、中央人民廣播電台在當晚新聞中，播出了趙紫陽與首都工人代表座談時的講話。趙紫陽說：近來學生提出的合理要求，工人和其他羣眾提出的合理要求，黨和政府都在認真負責地抓緊研究解決。多渠道、多種形式的對話正在開展。當然，不可能在一夜之間把一切都辦得盡善盡美。但我們將堅定不移地在民主和法制的軌道上解決問題。趙紫陽强調：愛國的公民和學生不要妨礙和損害中蘇高級會晤。

五月十四日，凌晨二時半，中共中央政治局委員李鐵映、李錫銘以及北京市市長陳希同等，到天安門廣場勸說學生絕食，返回學校。

上午，參加絕食的學生繼續增加。

中午，絕食學生頂著烈日。北京理工大學一位學生說：現在我們絕食了，我不希望有人被拉出去，但政府如果還是拖，將來怕是要抬人的。另一位學生說：「兩條」不答應，我將絕食到底。

北京大學三百名教授和青年教師致函黨中央、國務院，懇請盡快採取措施，妥當處理此事。

天津高校六百餘名學生騎自行車來到北京，另有數百人搭乘火車來京。他們稱，赴京的目的是：一、支持並參加絕食鬥爭；二、商討成立全國性的「高校自治聯合會」。

下午四時許，中共中央、國務院和有關部門領導人李鐵映、閻明復、尉健行等與首都三十多所高校學生推舉出的對話代表對話。在天安門廣場絕食的學生也派了代表參加。對話主要圍繞怎樣評價這次學運這一問題進行。雙方各自闡述了對這個問題的觀點，未能取得一致意見。絕食學生的代表要求現場直播這次對話，主持人回答：技術設備條件無法解決。晚七時三十分，學生代表退出會場，宣布對話無結果，繼續絕食。一些高校的領導幹部到廣場勸學生返校。一些教師、作家到廣場對絕食學生表示聲援。

晚上，天安門廣場氣溫降低。部分高校的領導人在勸說學生返校無效的情況下，送來棉衣、棉被。圍觀的市民達十萬人以上。許多來絕食的學生在廣場上演說，希望市民支持他們。

午夜，天安門廣場的絕食學生中先後有十多人暈倒。醫療單位立即安排醫護人員進行了救護。

五月十五日。大學生絕食請願進入第三天。

上午，中共中央政治局委員、國務委員李鐵映，中共中央書記處書記閻明復及中共中央、國務院和北京市有關部門的負責人與首都部分高校學生進行了將近三個小時的對話。一些學生在對話中提出的主要要求是希望中央對這次學潮作出正確評價。李鐵映說，黨和政府的領導人已在多次講話中肯定了廣大同學的愛國熱情和善良願望。但是目前整個事態還在進一步發展，有些事情不以人們的意志爲轉移。希望廣大同學用自己冷靜、理智的行動，讓實踐和時間對這次學潮作出評價。閻明復說：我對當時學生在四月二十七日、五月四日上街遊行未向政府申請並得到批准這一點表示遺憾外，對整個學生運動的主張是肯定的；但對這個期間出現的一些情況也感到憂慮。現在一些學生正在天安門廣場上絕食，已經在一定程度上影響了我們國家的形象。李鐵映、閻明復還談到，這次學潮中提出的許多問題值得很好地反思。黨和政府的工作確實有很多地方值得改進。這些問題的解決需要有個過程，要在民主與法制的軌道上解決問題。

上午八時許，絕食學生組織了「絕食指揮部」。

中午十二時，蘇聯最高蘇維埃主席團主席、蘇共中央黨總書記戈爾巴喬夫乘專機抵達北京，對中國進行正式訪問。據「人民日報」報導，今天的歡迎儀式，原定計劃是在人民大會堂東門外廣場舉行的，由於廣場有大批學生絕食請願，改在首都機場舉行。

下午一時三十分，「絕食指揮部」舉行新聞發布會。發言人稱：我們的要求很簡單，就是公正評價學生運動是愛國民主運動，不是動亂。但沒有一個領導人來說這句話。

有學生聲稱：如果政府對學生的要求置之不理，他將在天安門廣場自焚。一些學生和高校教師進行了勸阻。

下午一時許，北京高校的部分中青年教師、科研單位的部分中青年科技工作者和一些市民，從西、北、南三個方向滙集到復興門立交橋上。一時四十分，以「中國知識界」橫幅爲先導的約三萬人的遊行隊伍，走向天安門廣場。北大、清華、人大、北師大的部分教師走在整個遊行隊伍的前列。據不完全統

計，除北京市民外，遊行者打出的單位旗號，約一百五十餘個。

遊行隊伍中的標語有：「北大教工誓與同學同在」、「權力屬於人民」、「無愧我心」、「教授教授、越教越瘦」、「報禁不除，官倒難除」等。

抵達廣場後，包遵信、鄭義、嚴家其、徐剛等作家和學者發表了聲援講話。

晚七時，楊尚昆主席在人民大會堂宴會廳舉行盛大宴會，歡迎蘇聯最高蘇維埃主席團主席、蘇共中央總書記戈爾巴喬夫及其一行。這時，天安門廣場有一些羣衆兩次湧向人民大會堂東門。廣場上學生組織的糾察隊立即過去，阻止他們不要衝擊人民大會堂。

五月十六日。凌晨零時三十五分，天安門廣場一遍又一遍地播出中共中央辦公廳、國務院辦公廳對天安門廣場學生發表的廣播講話。講話强調，解決問題需要穩定的局面。黨中央、國務院領導同志對絕食學生的健康十分關切，希望同學們停止絕食，盡快返回學校。在聽完第一遍廣播後，有些學生唱起「國歌」和「國際歌」，有些學生發出噓聲，還有些學生高喊：「不是動亂，必須平反」、「立即對話，不許拖延」。十二名中央戲劇學院絕食學生稱，若下午三點得不到明確答覆，他們不僅絕食，還將絕水。後來，一批學生在絕食的同時開始絕水。

今天在廣場上絕食、靜坐的學生發表聲援、慰問演說的，有中學教師、大學教授、幹部、文藝工作者、外地學生、工人、市民、及學生家長等。

同日，首都高校師生和部分機關、團體、工廠、企業、科研、新聞、出版等單位的人員，從四面八方遊行至天安門廣場。數十萬人的聲援隊伍中，打出「聲援學生，救救學生」、「接受條件、平等對話」等標語。

下午三時四十五分，北師大、清華、北大、北交大、北外、人大、北航、中國政法、北科大、北農大等十所高等院校的校長發表公開信，「希望黨和政府的主要負責人盡快與同學們直接見面和對話。」

下午五時四十分，中共中央書記處書記閻明復到天安門廣場勸說絕食的學生返校，他說：你們的行動、你們的精神，已經感動了全國人民，贏得了民心，贏得了黨心。爲了祖國、爲促進改革，促進民主，你們要愛惜自己。你們沒有權利傷害自己的身體。一些高校負責人、全國政協委員、民主黨派負責人也通過各種方式勸說學生停止絕食；同時籲請黨中央、國務院負責人盡快同學生對話。

午夜，暈倒的絕食學生已突破六百人次。全天到廣場聲援支持學生的各界人士達百萬人。

五月十七日凌晨。中共中央總書記趙紫陽代表中共中央政治局常委發表書面談話說，同學們要求民主和法制、反對腐敗、推進改革的愛國熱情是可貴的。黨中央和國務院是肯定的。他希望學生保持冷靜、理智、克制、秩序，顧全大局，維護安定團結的局面。談話說：黨和政府絕不會「秋後算賬」，談話呼籲學生停止絕食，保重身體，盡快恢復健康。

三時起，一些市民打著「北京市民聲援團」、「北京個體聲援團」、「工農商聲援團」等橫幅，由四面八方湧入天安門廣場遊行。

六時三十分，天安門廣場的「學運之聲廣播站」轉播了趙紫陽總書記的書面談話。

七時十五分。「學運之聲廣播站」廣播說，「我們的要求最主要的是摘掉『動亂』的帽子」，並要求學生「保持理性，保持秩序，不授人以動亂口實。」

九時到十一時，前往天安門廣場的遊行隊伍絡繹不絕，充塞了各條主要街道。其中有打著工廠旗號的工人隊伍。東西長安街兩旁聚集著衆多羣衆。

下午，遊行隊伍中出現國務院一些部、委、局、單位「部分工作人員」的旗標；還有民主黨派、科學院和社科院一些研究所、文化及文藝界的遊行隊伍，以及工人、農民和市民的隊伍。人民日報、新華通訊社、光明日報、中國青年報、中央人民廣播電台、中央電視台，以及一些期刊、雜誌、出版社等新聞出版單位的部分工作人員也參加了遊行。一些中小學校的學生也到天安門廣場聲援絕食大學生。

本日，大學生及各界參加遊行的總人數約上百萬人。

遊行隊伍高唱「國際歌」，所舉的標語及所呼的口號主要有：「學生絕食，我們心疼」、「打倒貪官污吏」、「政府不理，豈有此理」、「要廉政」、「要民主」、「打倒官倒」、「反對腐敗」、「救救學生」；有些口號、標語，直接針對鄧小平、李鵬等同志。

今天，因絕食暈倒的學生人數繼續增加。急救車聲晝夜呼叫不息。北京許多醫院自發組織醫護隊到天安門廣場救護，頻率最高時，平均不到一分鐘即有一輛救護車從天安門廣場開出。各醫院人滿爲患。

中午十二時。中國民主同盟主席費孝通、中國民主建國會主席孫起孟、中國民主促進會主席雷潔瓊、九三學社主席周培源聯名致函趙紫陽總書記，認爲學生行動是愛國運動，建議中共中央和國務院的主要領導人盡快會見學生，進行對話。同時，他們呼籲學生停止絕食。

晚上，巴金、冰心、夏衍、錢鍾書、張光年、艾青等四十一位文藝界著名人士發出緊急呼籲，認爲時局發展越來越使人憂慮不安，黨中央、國務院的主要負責人應立即下決心和學生直接對話，澄清事實，實事求是地、公正地、充分地評價這次學生的愛國運動，坦誠地、平等地、虛心地、冷靜地聽取羣衆意見。

今天，發表緊急呼籲書和公開信的還有：共青團中央、全國青聯、全國學聯、北京醫科大學校長曲錦域教授、中國協和醫科大學校長顧方舟教授、北京中醫學院院長高鶴亭副教授、首都醫學院院長徐羣淵教授，首都十四家新聞單位部分新聞工作者，中國科技大學十八名教授，叢維熙等二十名作家，中國文聯，全國婦聯，北京制革廠等十家企業等。這些呼籲書和公開信的主要內容有：肯定學生的運動是愛國運動，希望黨中央、國務院負責人盡快同絕食學生對話，呼籲學生停止絕食等。

七十八歲的中國科學院學部委員、北京大學化學系教授邢其新到天安門廣場看望絕食同學，希望青年學生珍惜身體。在接受記者採訪時，他說：「學生的行動不是動亂，是愛國的、正義的行動。說得嚴重些，他們是在救國啊！」

晚十時許，國務委員、國家教委主任李鐵映到協和醫院、北京醫院、同仁醫院看望因絕食昏倒在醫院急救的學生，希望他們早日恢復健康。李映鐵詢問了救護工作情況並慰問了參加救護工作的醫務人員。

五月十八日凌晨五時左右，中共中央總書記趙紫陽、政治局常委李鵬、喬石、胡啓立以及中共中央書記處書記芮杏文、國務院秘書長羅幹等到協和醫院、同仁醫院，看望因絕食病倒的學生。他們希望正在接受治療的學生早日恢復健康，並勸他們停止絕食，返回學校。

一些民主黨派、社會團體及知名人士繼續發出呼籲：

台灣民主自治同盟中央的呼籲書認爲：「應該肯定這次學生運動是一次愛國民主運動，不是動亂。應該承認學生自己的組織是合法的。」

民革中央主席朱學范繼十六日電請中共中央採取緊急措施，十七日陳述建議後，今天再次發出緊急呼籲。他認爲情況再也不能拖延了，否則局勢將難以收拾。他呼籲中共中央立即召開各民主黨派領導人

會議，共商解決問題的辦法。

中國致公黨中央主席董寅初建議中共中央、國務院的主要領導人盡快會見學生，進行對話。同時希望靜坐絕食的同學爲了國家、民族的利益愛護身體，停止絕食，返回學校。

中華全國歸國華僑聯合會和北京市歸國華僑聯合會代表全國廣大歸僑、僑眷，緊急呼籲黨中央、全國人大、全國政協應立即召開緊急會議，商討有力措施，清除黨內、政府內的腐敗現象；採取有力的措施，推進民主與法制建設，深化政治體制改革，使政治體制改革與經濟體制改革同步進行。

全國人大常委會葉篤正、江平、楊紀珂、陶大鏞等十二名委員發出緊急呼籲，他們認爲，這次學生遊行絕食的請願活動是愛國的學生運動。他們建議從速召開一次全國人大常委會的緊急會議，來研討當前的嚴峻局勢，謀求問題的解決。

張友漁、王仲方等九名法學家發出關於立即召開全國人大常委會的緊急呼籲，以討論和處理當前國家面臨的最緊急的問題。

胡繩、丁偉志、劉國光、任繼愈、呂叔湘等一百九十四名社會科學界知名人士簽名的緊急呼籲書，向中共中央、國務院、全國人大常委會呼籲，要求對學生活動給以公正的評價，黨和政府主要負責人應立即和學生以及社會各界人士直接對話，認真聽取意見，勇敢承担責任，進行担誠的自我批評。同時希望政府立即採取切實措施，創造條件，促使學生停止絕食。

中國紅十字會在緊急呼籲中說，現在絕食學生中暈倒的、嚴重體衰的正在增加，更令人担憂的是一些學生不但絕食絕水，還拒絕救治，生命已危在旦夕。他們衷心希望絕食學生們能夠聽從紅十字會救護人員的勸說，接受救治，停止絕食。同時，迫切地懇請黨和政府主要導領人從人道主義立場出發，盡快與學生對話。

上午十一時至十二時。國務院總理李鵬，國務委員、國家教委主任李鐵映，中共中央統戰部長閻明復，中共北京市委書記李錫銘，北京市市長陳希同等，在人民大會堂會見絕食請願的學生代表吾爾開希、王丹、熊炎等。李鵬表示，只談一個題目，即如何使絕食人員解除目前的困境。李鵬說，「無論是政府，還是黨中央，從來沒有說過廣大同學是在胡搞動亂。我們一直肯定大家的愛國熱情、愛國的願望是好的，有很多事情是做得對的，大家提的很多意見也是我們政府希望解決的問題。」「你們對於解決這些問題起了一定的推動作用」，「能夠幫助政府克服前進道路上的困難。」「但是，事態的發展不以你們的善良的願望、良好的想象和愛國的熱情爲轉移。事實上現在北京已出現秩序混亂，並且波及到全國。」對學生們提出的兩個問題，李鵬表示，作爲政府總理，作爲一個共產黨員，不隱瞞自己的觀點，但今天不講，以後會在適時的機會來講這個問題。李鵬在結束會見、同學生代表握手時又說「沒有說你們是動亂，沒有說你們是動亂。」學生代表在這次會見時堅決要求正面肯定這次學生運動，並否定四月二十六日「人民日報」社論。中央電視台反復播放了這次會見的過程。

今天，遊行聲援活動在繼續，人數仍在百萬左右，其中乘坐卡車遊行的工人明顯增多。一些市民，包括一些老人、小孩，繼續到天安門看望絕食學生，並送去各種飲料。下午，大雨如注，遊行隊伍仍源源不斷。

據北京市急救中心介紹，截至今天下午六時止，已救治在絕食中昏倒的學生三千五百多人次，其中留院觀察的有二千四百五十七人次。有些學生已是第二次甚至第三次被送到醫院急救。一位在現場救護的女醫生說：「應該盡快解決絕食，再談其他問題。我是醫生，深知學生目前處境非常危險，這樣下去，即使搶救過來，也可能留下後遺症。」一些絕食的學生表示，只要政府不答應學生提出的兩項要求，絕食還將繼續。

由中國紅十字會提議，並經絕食學生同意，北京市公交公司提供的九十餘輛大轎車開進天安門廣場。下午突降大雨，多數絕食學生已轉移到大轎車上避雨；還有少數絕食學生在紅十字會和醫護人員搭起的簡易帳蓬中。學生糾察隊在雨中維持廣場秩序，指揮道路交通。廣場及附近路口不見交通警察。

報載，今天還有不少單位前來捐款。全國總工會向北京紅十字會捐款十萬元，用以救治因絕食而身體健康受到損傷的同學們。

五月十九日。外地大學生來京聲援的人數明顯增多，據鐵道部門估計有近六萬人。

三千多名大學生已進入絕食的第七天。救護車不斷把病倒的學生送往醫院急救。

凌晨，中共中央總書記趙紫陽、國務院總理李鵬等領導人到天安門廣場看望絕食學生。趙紫陽對學生們說，我們來得太晚了，對不起同學們。你們說我們、批評我們，都是應該的。現在最重要的是，希望盡快結束這次絕食。我們的對話渠道還是暢通的，有些問題需要一個過程才能解決。比如你們提到性質、責任問題，我覺得這些問題終究可以得到解決，終究可以取得一致看法。但是，你們應該知道，情況是很複雜的，需要有一個過程。他說，你們還年輕，來日方長，你們應該健康地活着，看到我們中國實現四化的那一天。現在情況已經非常嚴重，你們都知道，黨和國家非常着急，整個社會都憂心如焚。這種情況發展下去，失去控制，會造成各方面的嚴重影響。趙紫陽懇請同學們冷靜地想一想，希望他們早些結束絕食。趙紫陽講話後，在場學生紛紛請他簽字。

北京市衛生局副局長、北京市紅十字會副會長高壽徵在天安門廣場發表談話說，鑒於學生絕食已進入第七天，病倒的同學愈來愈多，從人道主義立場考慮，建議學生停止絕食。他宣布，由於廣大醫護人員的努力，絕食學生迄今沒有一人死亡。

一些絕食學生表示將堅持絕食，以爭取憲法賦予的權利。

今天，遊行聲援的人數比昨日略少，有幾十萬。標語、口號中針對鄧小平、李鵬等同志的增多。

雖然道路並沒有全部堵塞，但市區的公共汽車沒有開出。

晚九時許，「絕食團指揮部」通過設在廣場的喇叭宣布，在天安門廣場絕食請願七天的北京高校部分學生停止絕食。一些體質虛弱的同學和女同學開始返回學校。一些男同學幫助清潔隊清掃廣場。

晚十時，中共中央、國務院召開中央和北京市黨政軍幹部大會。主席台上就座的有國家主席楊尚昆、副主席王震，中共中央政治局常委李鵬、喬石、胡啓立、姚依林。

中共中央、國務院、全國人大常委會，中央軍委、中顧委、中紀委、全國政協和北京市的領導同志出席了大會。

中共中央政治局常委喬石主持大會。

中共北京市書記李錫銘介紹了最近一個時期北京市學潮的發生和發展情況，認爲已經出現的動亂對北京市各方面所產生了嚴重影響。

李鵬代表中共中央政治局常委會在會上講話，「要求大家緊急動員起來，採取堅決有力的措施，旗幟鮮明地制止動亂，恢復社會正常秩序，維護安定團結，以保証改革開放和社會主義現代化建設的順利進行。」

李鵬說，蓄意製造動亂的極少數極少數人，就是要在動亂的條件下達到他們通過正常民主與法制渠道不可能達到的否定中國共產黨的領導，否定社會主義制度的違反憲法的政治目的。

國家主席、中央軍委副主席楊尚昆在會上講話說：爲了維護首都社會治安，恢復正常秩序，我們不得已，從外地調來一部分人民解放軍部隊。這完全是爲了協助首都武警、公安幹警執行任務，絕不是針對學生的。

中央電台反復播放了大會實況。

在天安門廣場上靜坐的大學生和聲援羣衆收聽了李鵬的講話。學生們情緒激昂，表示不同意講話的內容。已經撤離廣場的學生重返廣場。

五月二十日。凌晨三時左右，奉命集結在軍事博物館、公主墳、呼家樓、五棵松、六里橋、東高地、豐台路口等地的人民解放軍，被部分學生、市民圍住。在學生、市民的勸說下，一些地區的軍車在晨八時許調頭後撤。解放軍某部團長說：我們完全理解同學和羣衆的勸說，也請大家相信我們、理解我們。我部在奉命進入集結地待命時，學習了「人民日報」四月二十六日社論，也接到命令，打不還手、罵不還口。

絕大多數學生、市民在阻攔軍車時態度友好，一些學生、市民給戰士送去了食品和飲料。沒有關於軍民之間發生衝突的報告。

早晨的新聞廣播中，播出了國務院總理李鵬簽屬的「中華人民共和國國務院關於在北京市部分地區實行戒嚴的命令」，以及陳希同市長簽署的北京市人民政府關於實施戒嚴的第一、第二、、第三號令。戒嚴令宣布，戒嚴自五月二十日上午十時起實行。北京市人民政府令宣布，戒嚴期間，嚴禁遊行、請願罷課、罷工等活動，嚴禁中外記者利用採訪，進行挑唆、煽動性宣傳報導，外國人不准介入中國公民違反戒嚴令的活動。

廣播之後，成千上萬市民湧向街頭。

白天，在天安門廣場上空，幾架軍用直升飛機低空盤旋飛過。電視、廣播裡整日播送李鵬總理的講話和戒嚴令。長安街上的遊行隊伍明顯減少。廣場上北京的和外地的大學生堅持不撤離廣場。

入夜，數十萬市民湧上街頭，守候在路口，幾乎整整一個通宵，執行戒嚴任務的各部隊未能如期進入戒嚴地區。

五月二十一日。北京市區公共交通電車汽車繼續奉命停駛。地鐵繼續奉命全線停開。遊行人數明顯減少。王府井、西單、前門等鬧市區，商業活動正常。馬路上看不見豪華轎車行駛。發生過部分學生、市民攔車搭乘的事。

城區上空，直升飛機的飛行次數減少。長安街上，遊行隊伍比昨天減少。在市區的許多路段上，都可以看到市民、學生圍在一起議論紛紛。

晚七時，電視新聞播出中國人民解放軍戒嚴部隊指揮部的通告。通告强調，實施戒嚴決不是針對學生，爲保證首都恢復秩序，將採取一切有效措施進入戒嚴地區。北京市副市長張百發發表講話，說學生靜坐和市民攔截車輛、設置路卡，影響北京交通運輸，市民生活所需的糧食、蔬菜、煤氣等發生供不應求的苗頭。

市區內傳說今晚軍隊將强行進入市區。一些學生和一些單位的青年自願組織起來，趕赴各主要道口，摩托車隊往來行駛。天安門廣場上氣氛緊張。

執行戒嚴任務的部隊，今天仍未進入戒嚴地區。

五月二十二日。鄧穎超同志致函首都同學、市民。她說，她「對北京近一個月來出現的局面極爲關切、極爲焦慮」。「作爲一名老共產黨員，從來對孩子們是有深厚感情的，希望孩子們長大爲祖國、爲人民做貢獻，成爲愛祖國、愛人民、建設祖國的有用人才。」她相信首都的同學、市民「一定會以高度的愛國心和責任感，幫助黨和政府以及人民解放軍順利完成恢復首都正常秩序的任務」。並希望「廣大同學盡快返回學校，恢復正常的學校生活」。

今天的首都報紙刊載了聶榮臻、徐向前兩位老帥接見中國科技大學學生時的談話。聶榮臻同志在談話中指出，「這次學生的愛國運動定性爲叛亂」、「不惜用二十天時間鎮壓掉天安門廣場上的二十萬大學生」、「騰出首都各大監獄」等傳聞，「純屬謠言，請同學們不要輕信。」他說，軍隊到北京來「完全是爲了維護首都的社會秩序和安定」，希望同學們「爲了國家尊嚴、首都的秩序、市民的生活、自己的健康和學習，能盡快撤離天安門廣場。」

徐向前同志住地工作人員在接待中國科技大學七名學生代表時說：部隊執行戒嚴任務「絕不是針對學生來的。部隊的同志決不願發生流血事件，並會採取一切措施來避免」。這番話是徵得了徐帥同意。

有消息說，葉飛、張愛萍、趙克、楊得志、宋時輪、陳再道、李聚奎等七位老將軍曾聯名致函北京戒嚴總指揮部及中央軍委，以老軍人的名義提出：「人民軍隊是屬於人民的軍隊，不能同人民對立，更不能殺死人民，絕對不能向人民開槍，絕對不能製造流血事件。爲了避免事態進一步發展，軍隊不要入城。」

中央人民廣播電台、中央電視台在晚間新聞節目中播放了萬里委員長在加拿大多倫多華人社團爲他舉行的晚宴上的講話。萬里說：「我們要堅決地保護廣大青年的愛國熱情，同時也要堅定地維護社會秩序的穩定。」「中國學生的愛國熱情是可貴的。他們希望促進民主和整治腐敗是同政府的主張和努力目標相一致的。」萬里强調說，「這些問題應該在民主與法制的軌道上解決。應該用符合理性和秩序的辦法來解決。」「中國政府能夠以冷靜、理智和克制的態度克服困難，妥善地解決問題。」

在中南海新華門前，中國政法大學、北京科技大學、北京師範大學的數百名學生仍在靜坐請願，學生糾察隊在靜坐請願者周圍及長安街上維持秩序。協和醫院的醫護人員自願在這裡設立了一個急救點。

下午，北京部分知識界、文化界、新聞界人士約上萬人，舉著「首都知識界」的橫幅，喊著聲援學生、反對戒嚴的口號，由西向東朝天安門廣場遊行。到天安門廣場聲援和圍觀的羣衆人數，今天較前幾天減少。廣場上，有十萬名以上的大學生仍在靜坐。晚上，記者在廣場上了解，學生們仍無撤離天安門廣場的打算。晚十二時，又有不少北京市民或騎車或步行，從各個方向湧向天安門廣場。

今天，北京城區部分公共汽車已經開通，地鐵仍然關閉。由於大批職工騎自行車上班，市場上自行車零件走俏。有的商店出現了爭購食鹽等情況，但全市生活用品供應未出現問題。商業部門的職工加班加點往商店運送貨物。全市社會狀況如常。

執行戒嚴任務的軍車仍被市民和學生攔阻。大學生和當地羣衆紛紛給他們送去開水和飲料，同他們友好交談。到本刊午夜發稿爲止，執行戒嚴部隊任務的部隊仍未進入戒嚴地區。

本刊記者綜述

附錄

哭喊自由

遊行的隊在走，
街上的人在吼，
人們都在喊自由，
到底有沒有？
三十年的血白流，
四十年的路白走，
我永遠一無所有。

——錄〈一無所有新編〉

附錄(一)

誰是暴徒？誰在製造動亂？

——西安新城廣場四月廿二日慘案眞相

胡耀邦同志離開了我們。每一個有良心的中國人，都在緬懷他光明磊落無私無畏的一生，思考著怎樣繼承耀邦同志的遺志，將中國的改革和民主化推向前進。西安市的廣大市民和高等院校的師生，也同全國人民一道，悼念胡耀邦同志的逝世。

四月二十二日，在追悼胡耀邦同志的大會結束後，西安各高等院校的學生和各界市民，抬舉著花圈和輓聯，集會在狹西省政府大樓前的新城廣場，表達對耀邦同志的哀思。

中午十二時，新城廣場上已站滿了學生和市民。這時，數千名武警站在省政府大樓前嚴陣以待，並排成人牆，堵住了省政府大院東西兩側的院門。

下午一時左右，有二、三十人抬着一個花圈，來到西側院門口，向守在門口的武警交涉，要求將花圈送進省政府院內，被武警拒絕，並將他們推出門外。在周圍羣衆的聲援下，這些人抬着花圈，再次衝到門口，與站在門口的武警推擠在一起，雙方開始發生衝突。這時，人們看到有些武警對羣衆拳脚相加，衝上前的人再次被趕到門外。人羣中有人個別開始向武警扔石頭、磚頭。守在門口的幾十名武警掄起皮帶，向圍在門口的人羣打來，人們紛紛向四周逃離。武警退回到院門口，四周的羣衆又圍了上來。這

時，有人從院內開來二輛卡車，堵死了西側院門口。原來守在院門口的武警，退到了院內。人羣中有人衝上去，將堵在門口的卡車上的帆布蓬點燃，但火勢不大。幾名武警上前把蓬布拉下，扔在地上任其冒烟。其後，人羣中又有人個別向院內的武警扔磚石。院內的武警開始集隊衝向廣場，用皮帶向圍觀羣衆亂掄。人們紛紛向後退去，但武警一退，人羣很快又湧了上來。這樣來回衝突了三次，廣場上的氣氛開始緊張起來。

下午二時左右，西北大學、西安交通大學等校學生的遊行隊伍，相繼來到廣場。他們有秩序地繞廣場遊行一周，然後聚集於廣場中心到東側院門一帶。在學生遊行期間，羣衆與武警之間停止了衝突，廣場上暫時趨於平靜。

約在二時半，省政府大樓上的高音喇叭開始播放西安市政府通告。接着，又反覆播送了西北大學黨委副書記、西安大學校長的講話，要求學生們離開廣場。

三時許，西側院門口又開始了騷動。有人點燃了門口的接待室。院門內的武警近在咫尺，既未制止，也不救火。其後開來了一輛消防車，因火勢不大，很快就被撲滅。然而，消防警察並沒有退走，而是把高壓水龍對着人羣衝去，不少學生和圍觀的羣衆被打倒在地。羣衆再次反抗，拉鋸式衝突再度重演。在救火時開走了的兩輛堵門的汽車，現又開回堵在門口。當時已發生過縱火事件，爲何還要用易燃的汽車來阻截激憤的羣衆?用一句「內部人士」的話來說，「就是要叫他們燒！」果然，卡車很快就被人點燃，廣場上冒起了黑煙。

約三時半開始，高音喇叭連續播放西北大學、西安交通大學學生會負責人的講話，聲稱省政府已接受了同學們的要求，並要同學們離開廣場。各大學的一些教師看到廣場上形勢緊張，也在下面勸說同學們回去。在這樣的情況下，學生們開始陸續離開廣場，但仍有不少同學繼續留在那裡。

下午四時過後，省長侯宗寶來到省政府大樓指揮部，警察打人開始升級。大批頭戴鋼盔手握盾牌的防暴警察，從西側院門內衝了出來。他們在光天化日之下，拿着警棍、皮帶大打出手，用石頭、磚塊向手無寸鐵毫無防備的人羣亂砸。許多學生和市民被打得頭破血流，其狀慘不忍睹。西側院門內省法院和檢查院的同志看到這種情況，有人在樓上呼喊警察不要打人，反遭樓下一些武警辱罵。廣場上的羣衆也拿起石頭、磚塊向警察還擊，警察打過來，人羣就向後退，警察在被激怒的人羣中不敢停留，稍一後退，人羣便又湧了上去。這樣衝突了四、五個來回。有些人被警察抓進院內和省政府大樓內毒打。省政府大樓內的工作人員，有人親眼目睹一羣警察對被抓進去，已完全失去反抗能力的人，不問青紅皂白用警棍、皮帶亂打，把人打倒在地，再用穿着大皮鞋的脚在身上使勁猛踏。有的人當場就被打得昏死過去。一些省政府機關幹部上前制止警察的暴行，可是那些打紅了眼的警察却根本不聽，反而辱罵這些機關幹部。

下午五點鐘，不少挨打的羣衆開始逃離廣場，而下班路過不明真象的人們，還在大批地向廣場湧去，廣場上的人越來越多。警察在衆目睽睽之下，繼續肆無忌憚地向羣衆施暴。警方的暴行，激起了在場羣衆的公憤和反抗。

從下午六時半開始，雙方的衝突愈演愈烈，廣場上一片混亂，警方已無法控制局勢，一些汽車和省檢察院內的房屋被人燒著。

晚上八時左右，武警開始封鎖整個廣場。他們手持警棍、皮帶和磚頭，見人就打，見人就抓，人羣向東、西、南三個方向逃離。在混亂中，「天天」服裝店被搶。

關於「天天」服裝店被搶真象，據目擊者所述，當時警察將一部分羣衆追至西華門十字路口，逃跑的羣衆爲人流所阻，有人慌不擇路，衝入街旁仍在營業的服裝店躲避，當即被追來的警察堵在裡面，一陣亂打，並將他們作爲搶劫犯抓獲，警察幾乎是從事件一開始就在現場。新聞報導一方面說十八名搶劫犯被當場抓獲，另一方面又說服裝店被洗劫一空，這難以自圓其說的漏洞，暴露了一些見不得人的祕密。

以上所述，就是四月二十二日新城廣場事件的大致經過。據瞭解內情的人透露，在這場慘案中，有十一人被打死，被打傷者數百人。有一輛路過的公共汽車因人流受阻，司機下車察看道路，竟被警察當場活活打死。甚至有幾十位在場的便衣警察，也被穿警服的警察打傷，而我們的報紙，竟然宣稱無一人死亡。

在四月二十二日慘案發生前，中央已有明確指示，不要阻止羣衆的悼念活動，不要激發矛盾擴大事端。可是，狹西省政府和警方的某些人，公然對抗中央的指示精神，蓄意挑起事端，擴大事態，製造了這場建國以來駭人聽聞的大血案，嚴重損害了黨和政府在人民心目中的威信。

誠然，的確有壞人在混亂中趁火打劫，但混亂的局面是警察不分青紅皂白，毆打無辜羣衆造成的。更令人髮指的是，對被抓住的人，不論有無過錯，一律成了他們練脚的對象。即使被抓住的人是罪犯，他的犯罪活動也已中止，且失去反抗能力，應交司法部門依法審理，可是一些警察却一抓住人就打，甚至活活打死。共和國的法律被這些執法者們肆意踐踏，警徽和領章被蒙上了一層洗不掉的血腥污垢。

現在，四月二十二日慘案的製造者們利用手中掌握的宣傳機器，欺上瞞下，混淆視聽，把蓄意製造的對西安市民和學生的血腥暴行，說成是「一小撮壞人製造的打砸搶燒事件」，企圖以此來掩蓋自己的犯罪，哄騙全國人民和中央。但是，紙是包不住火的，這些人所犯下的無可饒恕的罪行，是在場的十餘萬西安人有目共睹的。大量人證物證俱在，流散在羣衆手裏有不少警察施暴的照片。這些有力的證據，定能終將事實大白於天下。

西安市民絕不允許有人用沾滿鮮血的雙手玷污西安的聲譽，也絕不會容忍這場慘案的製造者繼續爲非作歹。對這一罕見的特大慘案，我們强烈要求：

一、由中共中央、全國人大、國務院和最高檢查院組織專門調查組，立即來陝迅速查清四月二十二日慘案真象（陝西省政府及有關部門，作爲當事人，不得參加調查組）。

二、根據調查結果，建議全國人大責成最高人民法院組成特別法庭，由最高檢查院提起公訴，公開審理西安四月二十二日特大慘案。

三、依據刑法，追究四月二十二日慘案的策劃者和現場指揮者的刑事責任，懲辦打人凶手，對罪大惡極草菅人命者處以極刑，以平民憤。

四、由人民日報、中央人民廣播電臺、中央電視臺向全國公布調查結果，澄清事實。

中央能否迅速查清並處理此案，是維護西安地區社會安定團結的關鍵，作爲西安市民，我們翹首以待。

西安地區大專院校師生．四月二十六日

告民衆書

民衆們：

我們需要建立一個民主、自由、法制的國度，我們不希望看到第二個文化大革命的出現。現在政府和政黨的腐敗現象是一個政體基礎的原因。所以，我們要改變政體，而不是回到十幾年前的瘋狂中。

就民主而言，民主集中制必須廢除。民主不能集中，集中了就不是民主。終身制必須廢除，青天思想必須廢除，那是新的皇帝思想，我們不希望看到展現這種思想的行爲，我們需要一個普選制民主政體的到來。自由必須實現信仰自由，新聞要掌握在民衆手裡，而不是由一個政府或一個政黨獨斷。法制必須破除法是統治階級進行階級統治工具的指導思想。法制不是工具而是民衆意志的體現。我們需要由統治人民的法制走向保護人民的法制。新政體中權力必須均衡，權力必須受到制約和獨立的監督。

至今日西安已有數十萬人參加示威遊行，一千多名學生絕食。

陝西高校聯合會・五月十八日

給湖南同學、老師及父老的一封信

湖南高校的各位同學們、老師們，湖南省的父老鄉親們：

湖南大學代表全體學生的學生會在此發表如下宣言：

我們這次毅然走出校園，走向街頭，爲的是聲援北京高校戰友們的正義行爲，爲推動中國民主進程吶喊，爲中華未來的興盛富强吶喊！

這是我們全體學生義不容辭的歷史使命，是未來中國的需要，是我們振興中華，拯救中華的「九死而不悔」的偉大愛國精神的體現！

我們深信，中國社會主義進程所必須的是社會主義經濟的發展，社會主義的真正實現，而經濟的發展，民主的實現，必須是全國上下渠道的暢通，全國人民有決定國家大事的真正權力，這一點才是社會主義安定團結，國家穩定發達的決定條件，我們特此申明

第一，要求省委省政府立即敦請中央進行最高級會晤。

第二，我們的罷課直到北京的學生安安全全回校爲止。

第三，要求中央正確評價這次學生運動。

第四，對我國改革過程中的重大失誤，要追究有關領導人的責任。

今天，千百萬人民走向街頭，這是因爲勝利屬於我們。

湖南大學全體學生・五月十九日

民主，首先是人的意志的覺醒

——南開現象的反思

一九八九年春夏，當北京學生衝破嚴酷的高壓毅然走上街頭、向專制和愚昧公開宣戰時，南開大學，這個離首都一步之遙的近鄰學府，迅速以兄弟般的真誠，最先向首都同學發出了助威的吶喊，四月二十二日，廣場上靜坐請願的首都學生隊伍中，出現了「南開大學」的旗幟，五月以來，南開學生更是勇敢地奔赴北京，以義不容辭的熱忱與首都同學並肩而戰，首都學生爲南開的真誠感動，南開學生爲自己的堅韌而自豪。

然而，在南開的旗幟下，我看到了這樣的標語：

「繼承總理遺志，弘揚南開精神。」

「周總理來電，沒有李鵬這個乾兒子。」

憂慮和悲嘆湧上我的心頭。它們表明，南開學生的意識中存在著濃厚的權威崇拜，他們的思維方式還籠罩在深沉的奴性之中。

他們雖然全心地投入了這場轟轟烈烈的民主運動，但他們並沒有從主體的自覺意識上來思考這場民主運動的原因和目的，他們自身還缺乏民主的意識和要求，因此，他們「反」得模糊，而且「希望」得

模糊，打出周恩來的旗幟，與千百年來民衆對包青天的呼喚没有本質區別，封建時代的清官與貪官，本質上都是效忠於皇帝的奴才，只不過貪官眼界更加狹隘，個人品德更加惡劣，往往爲一己的私利而不顧封建統治的大局。清官則努力以自己的克勤克儉平衡統治階級與被壓迫人民的關係，其對加强統治、奴役人民有著重大的作用。因而某種意義上説，清官更可怕，無論「貪」的還是「清」的，他們的行爲宗旨都是維護封建政權的穩固，維護統治者的利益，都不能真正對人民負責，對周恩來的懷念，反映了人們痛恨貪污、渴望廉政的心理，但我實在看不出周恩來與我們這場民主運動有何聯係；我們追求的是民主政治而不是清官政治，周恩來還不是我們應該膜拜的現代民主戰士，南開人對周恩來的崇拜，以周恩來爲驕傲的心理，不僅妨礙了他們對自身奴性的反省和批判，而更可悲的是，他們還自覺地張揚，崇拜一種奴隸人格。

爲什麼不能旗幟鮮明地打出爭取公民自我權利的口號？爲什麼一定要依附於一定的權威來表達自己對現實政治的不滿，而不可以理直氣壯地對政府説，我們（公民）對你不信任！如果説這場運動的爆發僅僅是對現政府腐敗無能的不可容忍，那麼，倘若以後出現了周恩來式的「清官」，則我們的運動便大可以功德圓滿地凱旋收場了？如果説這場運動的目的僅僅是打倒幾個不得人心的貪官，那麼，「清官」出場之後的局面，必定是由「動亂」回復到舊有的「安定」秩序中，主子奴隸各就各位，社會的結構照舊不變。倘若真是如此，那我們這場運動根本就不是民主運動，而只是官逼民反式的暴動，當統治秩序重新歸於平靜時，我們便又可以安安穩穩地做一段時間的奴隸了。

然而可貴的是，我們今天的運動已經不僅僅是奴隸的暴動了，我們舉起了民主的旗幟，專制政治的土壤只能產生專制的官僚，即使「清官」也是淩駕於百姓之上的「救世主」，他絕不可能容忍人民以公民的身份與自己平起平坐，更不用説讓人民監督自己的行爲了。我們今天追求的已不再是千百年來中國人夢寐以求，然而終於只存在於戲台上的包青天，而是我們作爲人所應該具有的權利——選擇自己信仰的權利、實現自己需求的權利、監督政府行爲的權利，我們必須意識到自己是一個獨立的人，是與國家領導人地位平等的公民，振興中華靠誰？不靠幾個清官式的領袖，而靠全體公民的自覺參政，因此這場民主運動首先應該成爲人的覺醒、人的獨立的思想啓蒙運動，南開現象最突出地體現了我們這些作爲運動主體的大學生意識深層存在的奴性和麻木。因此亟待以現代民主意識進行啓蒙的，不光是廣大的民衆，而首先應該是走在運動前列的大學生自身，我們不妨時時反省自己，身上還存在哪些封建專制的陰影？我們不妨多問問自己，我們是公民還是奴隸？

我們必須意識到，社會政治的民主化必須由現代人去實現。在中國，只有人人都想成爲公民而非奴隸，民族的振興才有真正的希望。

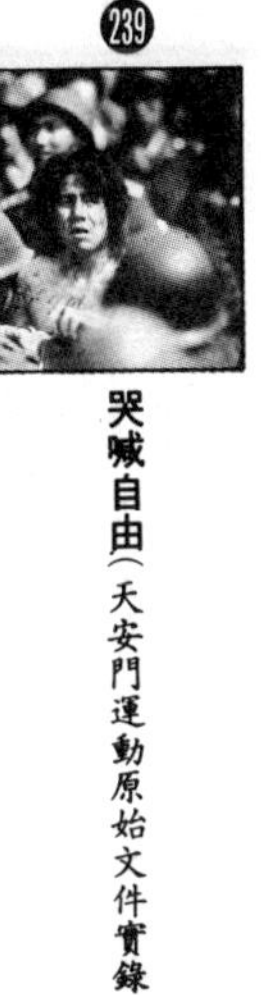

附錄㈡

自由之歌

感受不自由莫大的痛苦，我再不能繼續沉默，在熱血奔騰的五月裡，我英勇地走上街頭，我英勇地走上街頭。

〈葉文福詞〉．北大籌委會印發．五月二十八日

愛國運動歌曲

民主進行曲　蘭天鴿作

愛國民主平等自由，七十年來人民爲你高呼，多少先輩爲你灑熱血，多少志士爲你拋頭顱。手抱著手，團結緊，千萬民心不可侮，要把民主的旗幟插在東方的大陸，要把民主的旗幟插在東方的大陸。

人民萬歲　蘭天鴿作

五千年來，皇帝知多少?萬歲萬萬歲被永遠地高叫。百姓變成了奴隸，人民都是些小草，歷史是誰轉動，財富何人創造，是人民人民，「人民萬歲」這就是神聖的口號。是人民人民，「人民萬歲」這就是神聖的口號。

打倒官倒，打倒官倒　蘭天鴿作

打倒官僚，打倒官倒，官僚官倒不倒人民受不了（人民□了□）反對專制反對腐敗，專制腐敗消除，人民拍手笑（人民樂陶陶）。

請喝一口水吧，親愛的兄弟　蘭天鴿作

請喝一口水吧，親愛的弟兄，爲了同胞，爲了母親，請喝一口水吧，親愛的姐妹，人民對你理解對你信任，請喝一口水吧，親愛的學生，道路漫長，你們還年輕請喝一口水吧，我們的親人，可愛的祖國等待你們振興，可愛的祖國等待你們振興。

人民和士民心連心　蘭天鴿作

親愛的民警，親愛的大兵，我們都是父母所生，誰不愛祖國，不愛母親，我們都有愛和恨，爭取民主熱愛自由，相互理解相互同情，人民和子弟兵心連著心，同呼吸。

大聯唱

人　民　唱：我曾經問個不休，爲何我一無所有？
中　央　唱：跟著感覺走，緊抓著鄧的手，脚步越來越輕，越來越溫柔。
國務院唱：我是一匹來自北方的狼，走在無垠的曠野中。
政　協　唱：我想唱歌可不敢唱，小聲哼哼還得東張西望。
軍　委　唱：大刀向學生們的頭上砍去，衝呀！殺呀！
人　大　唱：祖國只在我夢縈，權力已多年未親近。
省政府唱：月亮走、我也走，跟著老鄧到橋頭。
縣政府唱：不管是東南風還是西北風都是我的歌我的歌。
鄉政府唱：我不知道，我不知道、我不知道哪個更圓？哪個更亮。
人　民　唱：打倒李鵬、打倒李鵬、爭民主、爭民主，我們不要軍管，要自由

千不該萬不該

一不該啊二不該，你不該不把政治體制改，你不改那政體制也沒關係呀，你不該任那官倒把人害
二不該啊三不該，你不該跟著別人搞獨裁，你搞獨裁本來也沒關係呀，你不該把那紫陽推下台
三不該啊四不該，你不該串通別人借外債，借來外債建國也沒關係呀，你不該胡亂把那「奔馳」買
四不該啊五不該，你不該學生長跪不出來，你不出來本來也沒關係呀，最起碼也需派個副總理來
五不該啊六不該，你不該把那社論拋出來，拋出社論本來也沒關係呀，你不該明知錯誤不悔改
六不該啊七不該，你不該眼望絕食不理又不睬，你不理睬學生也沒關係呀，你不該對著學生要無賴
七不該啊八不該，你不該光天化日把學生害，陷害學生本來也沒關係呀，你不該把那軍隊開進來
八不該啊九不該，你不該宣布軍管控制電台，控制電台本來也沒關係呀，你不該把民主、自由一起埋
九不該啊十不該，你不該不讓司機把車開，不讓司機開車本也沒關係呀，你不該污衊學生顛倒黑白
千不該啊萬不該，你不該賴在台上不下來，你不下來本來也沒關係呀，總有一天人民把你趕下台

我不相信

我不相信
這個國度
有一雙手很大
大到一拍桌子
就日月無光
我不相信
這個國度
有一張嘴很大
大到怒啓愚唇
就血流成河
我不相信
這個國度

有一個脚丫很大
大到一踏憲法
憲法就馴服了他
告訴你吧
所有應掃入垃圾堆的一切
自我感覺很大的
很多人起來把你打成碎片
自我感覺很美的
很多唾沫把你泡的臭酸
國宴上你們吃得興高采烈
太師椅上你們軍隊調的井然有方
有風從天上吹來
絕食者憤怒的聲音
軍人憤怒的聲音
歷史憤怒的聲音
吹來憤怒的小指頭
無數憤怒的嘴巴
無數憤怒的脚掌

該是知趣的爬進墳墓的時候了
在高高金字塔上那一次憤怒的呵斥
那自命大手的柔弱一揮
你偶然地發洩了自己的恐懼
也必然地拉響了自己的
喪鐘

「一無所有」新編

(1)我曾經問個不休，
你何時跟我走，
從一九到八九，
還要走多久，
噢，我不願跟你走，
噢，我們不願跟你走。
現在我有我的要求，
却沒有我的自由，
可你却總是告訴我，
條件不成熟，
噢，我不願跟你走，
噢，我不願跟你走。

(2)遊行的隊在走，
街上的人在吼，

人們都在喊自由，
到底有沒有？
三十年的血白流，
四十年的路白走，
難道在你面前，
我永遠一無所有。
你何時跟我走？

(3)

告訴你我等了很久，
告訴你我最後的要求，
我要伸出我的雙手，
你這就跟我走。
這時我的手在顫抖，
這時我的血在流，
莫非你正在告訴我，
你太老不能走。
你老得不能走。

——清華大學宣傳組・五月二十七日晚七時

天安門大酒樓

名廚馬克思、二廚毛澤東、筵開二十萬席
即日生劏七大寇

愛國同胞萬人宴

武警
雙拼頭盤
解放軍
薑葱焗耀邦
紫陽燉冬菇清蒸小李鵬
陳皮燉小平
聶榮津白沙鍋
袁木炒魚球
紅燒大羣衆
楊尚昆炒飯

江澤熅蘿蔔
瑤珠西米露
川蓮紅豆兵
唔易開稀芝蔴糊
蓮子王丹茶
新鮮方荔枝
送萬里懇花
全席戒
凌晨四時恭候
隨時入道

官倒內幕

官倒官倒，處處□道，肚脹腸肥，百姓難熬。

所謂官倒，即是利用國家權利，從國家獲得低價物質、進出口許可証（批件）、貸款、低價外滙等，進行貿易獲利，他們以公司的名義經營。公司可分爲官方辦的和高幹子弟辦的。貿易又分內貿和外貿兩類。

我們的官倒爺們是如發大行官職，巧施經營，吮吸人民血汗的呢？

且看內貿。太子鄧樸方風塵僕僕飛奔東北。太子駕到，黑龍江省領導不敢怠慢，陪他前往大慶。鄧喜大慶有油水可撈，以每噸三千多元的原價購進化工原料聚乙烯、聚丙乙烯等若干噸，運到關內便身價倍增，賣到九千多元一噸，不費吹灰之力，事半功倍，鈔票垂手可得，其不美哉。

對於外貿，可就難了。三個條件，缺一不可。1、進出口許可証，2、公司有進出口權，3、平價外滙。其中以進出口許可証最爲重要。這三個條件對官太爺們來説豈算難事？進出口許可証，可從當大官的父兄輩取得。本公司無進出口權，可委託有進出口權的公司代理。第三項便可以買高價外滙解決了。

一九八四年底八五年初，康華開張不久，即在貢院兩街小院和華僑大樓租一間套房。一次某人去辦事，康華職工拿出一疊進口許可証（八百件），有一千輛臥車，幾千台彩電等，問其要否。職工向賣主收取三%手續費。按國際慣例，他們還可向國外廠商索取佣金5%～10%。這筆錢最後到底算康華公司的，抑算鄧樸方本人的，就不得而知了。鷸蚌相爭，漁翁得利，只要中間拉條紅線，何愁鈔票不到手。關鍵要保住烏紗，權利在手，許可証自然會有。

有權不用，過期作廢。官爺又不是出家的和尚，什麼百姓辛苦，災區告急，見了錢就暈頭。中國煤炭進出口公司（鄧女在此公司）向CNCJEC出口煤，港商付給官員佣金爲每噸二美金（煤價四十一～四十五美元／噸），存在香港。

單賣批件（許可証）也是官倒的一種伎倆。最近時價：進口批件20吋彩電顯像管每只五百元。如果某公司有一萬五千只彩顯的批件的話，就垂手得七百五十萬人民幣。鋼材二百／噸，□鐵五十元／噸。

沈圖因向波音公司索賄五十萬美元（買波音七四七飛機）被撤職。他的三個兒子在美國，一個女兒在歐洲，有一個兒子一個多月前回國，弄到許多產品進口許可証，沈圖的兒子已在美國住了十年，竟還有這麼大要威力，怪不得中國外債累累，赤字紅紅，因爲有人肚滿腸肥。

官倒爺們豈是等閒之輩，職權在握，智商超常，發財之道道道精通，平價外滙也是他們發財途徑之一。一面是飢腸轆轆，一面是揮霍無度，一面是財政緊缺，一面是腰包膨膨。中國爲何外債累累，中國爲何財政虧空，百姓爲何上不起街市，買不起衣物，其關鍵就在於一個「官」字。大官當頭，小官隨後，官官相護。試問：中國將倒向誰手。官不腐，民不反，任其官倒橫行，興邦建國豈不是空話連篇。枯木該打藥了，蛀蟲該殺死了，否則，試問人民答不答應，歷史答不答應。掌權執政的人民公僕，你們答應與否？

附錄㈢

知識介紹㈠

一、什麼是民主？

Democracy詞根「Demos」民衆，「Krigeim」治理民主，即「民衆治理」，一般理解爲「民衆參與與治理」（非直接治理），參與的廣度與深度就是衡量民主的尺度。廣度，是指社會成員參與決策的比例；深度，是指參與的性質，參與決策的層次性，爲「多數決定，保護少數」，是民主的手段。民主在政治生活中，表現爲「代議制」或「代表制」，即社會成員選擇他們中國某些人代表全體，被選者在一定的期內代表選民，以某種形式行使權利，這個權利指政治決策權（與專業行使權相區別）但是選民沒有放棄社會重大方針政策的最後控制權，在民主政體中，社會成員要求以社會內部各種利益集團，權衡各個層次的利益，在民主過程中，需要妥協精神，民主政體比其他任何政體都可能消除以「暴力手段」解決內部事端的問題，主要依據「暴力」是非民主的政體，對民主的追求與對物質的追求同樣是人類的美好理想，不能以任何藉口阻擋對民主的追求，民主的真正意義在現在這個追求之中。

二、民主的八大特質

1. 接受多數統治原則——政府的統治須徵得人民同意，這是民主的精髓。

2. 保護少數人的政治權利——這種權利並不用於進行統治的權利。

3. 自由地交流訊息和意見——人們必須享有言論、出版、集會自由。

4. 存在着現實的選擇機會——競爭性政黨體制的存在是這種選擇的物質保障。

5. 基於信念行事的自由——樂於接受民主決定同時保持堅持不同意見，並利用本次機會爭取不同結果的權利。

6. 接受法則原則。

7. 每個公民在法律面前和政治參與的機會上一律平等。

8. 政府的存在是爲人民服務的而不是相反。

附小品一則

據聞：清華大學校刊載，一九三一年十一月□日，清華老師吳其昌要求政府抗日絕食赴南京請願，師生當即予以支持，清華大學教職工會致電國家政府聲援書，清華及上海各大學請願團也抵北京，二十六日晚七時半，蔣介石在國民黨中央黨校接見學生，表示接受抗日要求，並接見吳其昌，應其要求，其宣誓將不食言，吳感動得流下淚水，並下跪，蔣也流淚下跪，至此吳才開始進食，時已絕食八十五小時。

三、黨、政、軍的關係

政黨是一個離異的團體，只能代表黨員的利益，在一定程度上，與個體協會利益均等（如果個體戶協會有明確的政治目標，相對完備的政治制度的話），政黨只能通過代議機關在全國人民大會根據法定

的程序表達自己的願望，和其他利益團體（如個體戶協會）相妥協，制定出法律，再依據法律行使自己的權力，政府是國家的管理者，直接管理國家的行政、經濟、文化等事務。立法、政黨的利益、司法審判、檢查等，是國家的具體表現形式，任何團體都不能凌駕於它們之上，否則，就是「專制」！

政府的結構是相對固定的，它相當於一台計算機，經過選舉推選出來的執政黨，只能根據法律程序從終端機輸入指令，計算機計算的結果表明，不符合大多數的願望，則執政黨的所屬政府必須垮台，人民有權利行使任何方式推翻它！但計算機（政府機構）還在，因爲政黨並非計算機的部件，政黨的替換只相對於替換計算機的操縱者！

軍隊是國家的暴力機構，掌握在國家最高權力機構手中，在中國即全國人民代表大會。最高權力機關授權政府執行，而不是掌握在某個利益團體的手中。在政黨生活中，軍隊已絕對保持中立，只有危及國家的安全（如外來侵略）與政黨的鞏固（如顛覆民主，實行專制等）才能使用軍事力量。

遊行口號

1.要民主法制，不要刀槍棍棒。
2.反對戒嚴、反對動亂、捍衛安定團結。
3.全球華人大團結，試看天下誰能敵。
4.新聞不解禁，天下不太平。
5.政治不公開，獨裁不下台。
6.腐敗不清除，中國無前途。
7.人民不作主，由誰主沉浮。
8.軍民團結如一人，試看天下誰能敵。
9.軍民一起，同舟共濟；軍民一家，不怕鎮壓。
10.提高士兵伙食待遇。
11.官倒吃民也吃兵，腐敗吃我也吃你。
12.一塊六毛五，當兵真辛苦。
13.新聞不自由，我們天天遊。

14.北京本來太平，戒嚴別有用心。
15.小平不爲民作主，趕快回家享清福。
16.三百萬軍隊不是家丁，四千萬黨員不是家奴。
17.要黨籍，更要黨性。
18.兵壓首都，動亂四伏。
19.黨非李家黨，兵非楊家兵。
20.反對暴力政治。
21.軍管帶來動亂，戒嚴導致癱瘓。
22.反對李鵬用軍隊恐嚇全國人民。
23.我們愛中國，不愛李鵬僞政府。
24.官壓民，民不聊生；軍壓民，國運將傾。
25.打倒黨內一小撮，打倒國內一小撮。
26.反對高壓和拖延。
27.立刻停止製造新的冤假錯案。
28.決不允許槍指揮黨和政府。
29.不准打擊報復，不准秋後算帳。

《北大傳單》

校園民主化民意調查問卷

一、您認爲校園民主化應包括哪些內容？

二、您認爲校方和自治會的關係應該是：

1、校方不應該干涉；

2、自治會應受校方指導；

3、自治會應由校方控制；

三、您認爲自治會是否應有自己獨立的廣播站？

①應該有　②没必要　③無所謂

四、自治會招募人員時，您：

①支持　②參加　③不屑一顧　④反對

五、您認爲校自治會應如何健全它的基層組織？

①爭取各系學生的支持　②各系建立相應的自治會並與校自治會保持一致　③各班派代表組成學生代表大會，自治會對它負責。

如果您認爲上述方法不妥，你的看法是？

六、您認爲自治會重新民主選舉的時機是否成熟？

1、成熟。理由：

2、不成熟。理由：

七、有同學主張罷課，您贊成嗎？

中國人民大學學生自治會·社會調查小組

學運集錦

鄧小平語錄

現在問題相當多，要解決沒有一股勁不行，要敢字當頭，橫下一條心，六七十歲老頭屁股也好，四十歲的屁股也好，二三十歲的屁股也好都得摸，一摸就見效。

——「鄧小平文選」P．32

批語：八十歲的屁股摸不摸？

新語絲

1.學生是人民的孩子，政府（領導人）也是人民的孩子，孩子和孩子在母親面前平等對話和討論，有何不可以?!

2.一位老太太對解放軍戰士說：「四十年前我親自到街上迎接解放軍進城，但今天我又爲何捨命把你們攔在市外?因爲你們在這種情況下來北京不符合人民的願望。」

3.一人決策，集體負責，全民遭殃。

4.作爲個人，可以跟着感覺走，作爲領導，不能跟着感覺去。

5.革命勝利了，所以主人給「僕人」下跪，而僕人可以不理。

6.去掉終身制，換上世襲制。

7.廣播電台新聞，今天没有新聞。

8.一位學生搭乘某司機的車，他抱歉地說：「我不抽烟，也没帶烟，連根烟也不能送你。」司機說：「你没烟，但我們還有良心。」

9.戒嚴部隊帶催淚彈和毒氣瓦斯來北京，不是針對遊行、靜坐學生的，而是讓他們來參觀的。

10.趙紫陽對戈爾巴喬夫說「我國重大事情都由鄧小平掌舵。」因此犯了洩露國家機密罪。

11. 無窮多個「一小撮」加起來，還是「一小撮」。
12. 我們國家落後，不需要民主——?!
13. 要理不要李，要陽不要楊。
14. 順民者恒昌，逆民者必亡。
15. 學生散傳單違法；飛機散傳單合法——?!
16. 「皮鞋」+「皮帶」=「肢鞋」?
17. 「民主」三十年河東，四十年河西，七十年了。
18. 「討」李滿天下。
19. 留學生遊行標語，「李鵬不滾蛋，我們全避難。」
20. 小瓶難盛老酒，籬棚不容百姓。
21. 李鵬不下台，我們天天來；李鵬不上吊，我們不睡覺；李鵬不自殺，我們不回家。

清華宣傳組

新□□點滴

民主就是人民當家作主，在不同層次上含義不盡相同。生而平等、機會平等，人民要有强烈的參政常識。

各種社會團體政治上的獨立性和力量的强大性是有效督促政府和執政黨的前提條件，中國目前要重視工會團體、農會團體、學會團體、民主黨派團體政治上的獨立性。

政治安定化即是在執政黨之外，有獨立的較强大的政治團體，真正的多元化表現在

1、各種政治力量的獨立性

2、各種政治力量的法律上的平等關係

3、各種政治力量的關係是矛盾的。既有合作的一面更有對立的一面，相互提出批評意見，相互督促

民間辦報，新聞自由是社會力量監督政府的有效方式。

我們需要選票，人民有權力選擇自己的政府和公僕。

教育體系中在民主自由否則爲愚民教育

目前，我國教育不僅在經費上存在問題，關鍵是它的內容帶有嚴重的愚民性，因此教育體制改革的

首要問題是廢除愚民體制。

黨和政府內部生活需要公開性，公開性的前提是新聞自由而不只是民主政治。

大學生自治會的意義：大學生是一支積極的政治力量，它首先要求得到獨立的合法的地位才能起監督政府和推進改革急先鋒的作用，希望民衆支持民主化要求，在中國當前專制現象嚴重的情況下，合法化是很重要的。

任何政府無權神聖化。

人民大於法律，法律大於任何政黨。

民意測驗經常化，體制化。

重大情況要讓人民知道！重大問題要經人民討論！

于光遠於一九八九．五．十七在「經濟學周報」上撰文指出：

我不認爲學生的行動損害了國家的尊嚴，恰恰相反，我認爲它顯示出「五四」以來七十年中中國革命的光榮傳統，顯示了中華民族的偉大形象。

我認爲，一個月的事實已經提供了直到現場爲止的學生運動作出公正評價的根據，這場運動無疑是愛國民主運動，它在我們共和國的歷史上書寫了重要一頁，今後事態的發展，是受多種因素的影響而決定，如果受某些因素影響而發生變化，這種變化要由現在的學生運動負責，我以爲是不合邏輯的。

吉尼斯世界紀錄大全補遺

一、學生三千絕食七天,政府不予理睬,打破了世界紀錄。解放前,在中美合作所被關的共產黨員絕食僅三天,國民黨就沉不住氣了,出面談判並做出了讓步。

二、政府動用直昇飛機向人民撒傳單,創宣傳業的新紀錄。

三、政府頒布戒嚴令五天,軍隊尚不能進入戒嚴區,人們可以公開違背戒嚴令,自由演講、集會、廣播、散發傳單。開闢了世界戒嚴的新紀元。

四、戒嚴期內大小遊行每天必有,中國首創。

催淚彈代號GAS

中毒特徵：

1、蒸氣、毒烟狀毒劑對眼睛有强烈的刺痛症，引起眼瞼痙攣和大量流淚，中毒嚴重時，還引起結膜炎和怕光。如果接觸時間很短，症狀在幾分鐘後自行消失，中毒較重時，結膜充血和流淚可持續二—五天，吸入較高濃度的GAS時，對上呼吸道產生刺激，有灼燒感，引起咳嗽、流涕、流涎、聲啞，有時還引起噁心和嘔吐。對皮膚，多汗潮濕部位有灼燒症，可能會引起紅斑、水泡、水腫以及潰瘍，還可能有過敏反應，中毒嚴重還可引起眼和頭疼痛，肌肉疲乏和心肺功能減弱。

2、作用迅速，眼睛一旦接觸，很快出現症狀。

3、物理性質：無色，有荷花香味固體，呈毒烟狀態使用時，產生灰白烟霧。

急救方法：

1、戴口罩，浸鹹性濃液（對眼睛可用游泳用的眼罩防護，注意密封，這樣對眼睛效果更好）。

2、離開毒區後，可用二％$NaHCO_2$（小蘇打）或乾淨水冲洗眼睛，洗鼻、漱口。

3、皮膚染毒時，應先用乾布擦去毒劑，再用水冲洗或使用二～五％氫銨劑綳帶包紮。

4、腸胃道中毒時：則令其嘔吐，或服用活性炭吸附毒劑而後送醫。

5、採取適當措施，盡量使皮膚少與毒劑接觸。如手套、口罩、長袖衣服等。

編後記

■李瑞騰

五月二日，帶著矛盾、緊張的心情，外加個把月以來幾場大型活動之後的疲憊，我以淡江大學教授的身份，和我的同事們飛抵北平。我細心記錄著時間和情感的波動，希望能夠在人文薈萃的故都，尋找一個可以從事比較細微觀察的定點。

出發之前，在台北，我們已感染到從四月中旬以來大陸學潮的氣氛了：胡耀邦辭世、《人民日報》四月廿六日的〈社論〉、五四運動七十周年紀念、亞銀開會以及戈巴契夫將訪問北平等等消息。抵達時，從接機者的口中，我們所獲知的還只是知識分子和學生們躍動的五四情懷而已。然而就在五四前夕，中共「國務院」發言人袁木在記者會中以「訓話」口吻，強硬拒絕學生的「對話」要求，爲學運投下一個更大的變數，五四當天聲勢浩大的示威場面之所以出現，和中共當局的這種態度有關。

在香山臥佛寺，我們論辯著有關傳統與現代化的知識命題；在城裏，廣大的學生羣沸騰著。「我現在應該和我的學生在街上走，但做爲一個學者，我卻必須留在這裏開會。」一位著名的學者這樣表示。在各種對話場所，大陸的朋友直言不諱的對於中共當前的政治、社會以及文化表示看法，他們也有意要跳出馬列的框框，甚至於有人從根本上質疑社會主義體制，反省到馬克斯主義移植中國所帶給中國人長期的苦難……

在明十三陵，在八達嶺長城，在天壇；在五四大街，在王府井大街，在海淀路，我仔細看著人們的

穿著和表情，看著路旁景象，看著視線所及的一切，「他們是我同胞？」「這裏曾是中國的故都？」身爲一個台灣戰後出生的文學研究者，我這樣問著自己。答案當然是肯定的，但是我該如何調整我和這一塊土地、人民之間的距離呢？

整整十天，進出過五星級飯店、高級餐廳，這些資本主義的產物卻擺在這個社會主義地區裏頭，外滙券以及高消費，已遠遠把自己的人民摒除在外；也走過狹窄幽暗的小胡同，進到大學教授擁擠、寒酸的寓所。我一直很難找到一個合理的解釋角度。

校園內應該最能感受這塊土地的脈動吧，在北大、在人大，密密麻麻的大字報吸引著無數莘莘學子駐足閱讀、討論，到處可見「罷課」、「罷教」的海報。

●

大陸歸來，迅即重回到忙碌的生活現場，教書是熱情加知識的演出，編輯更是全心情的投入。但是北平學運卻開始成了我時時關注、思索的對象了。我幾乎不放棄媒體上的任何信息，也不斷和稍後才回來的朋友們交換一些意見，也參加一些座談、接受記者訪問，慷慨激昂支援學運。但是啊，我清楚得很，我無聲的吶喊全然無助於天安門廣場上以自殘方式奮鬥的新一代中國青年。

五月十三日，「北京市高校學生絕食請願團」成立，從請願到絕食，將近一個月以來的運動昇高了，參與的層面愈來愈廣。然而這絕對是一個可怕的訊息，不幸的事很可能就要發生了。

五月十九日，楊尚昆與李鵬終於宣布戒嚴了，眼看就要大軍壓境，和平的抗爭看來是必然要轉變了。事情發展的結果，居然是六月四日的大屠殺，就在電視機前面，坦克輾過、機槍掃過，一個一個躺下去的，天啊，他們不正是一個月前昂揚奔馳在街頭的青年嗎？

「積屍草木腥，流血川原丹」的悲慘畫面，原以爲只會是虛擬的電影情節，而今竟然是活生生的現實。

陽光仍然燦爛的六月四日，爲什麼會是當代中國人黑色的受難日？

●

六月九日，淡水大拜拜，北淡公路車如流水，人神一起騰歡。而在冷寂的研究室裏，我細讀著五十年代北大的譚天榮、人大的講師葛佩琦、學生林希翎；六十年代長沙一位高中生楊晨光；七十年代「不畏虎」的「李一哲們」以及魏京生等等的言論。葛佩琦說，「共產黨亡了，中國不會亡」；魏京生高喊「人權、平等與民主」；地下刊物「探索」的「號外」中說：「鄧小平走的是獨裁路線。」

然後，我讀到一篇一九七九年四月一日「中國人權同盟佛山分盟」印的地下小報，標題是「我們被鄧小平利用了」，文中說：「鄧小平夥同華國鋒又步向四人幫的後塵，拿出獨裁者的最後殺手鐧來鎮壓人民。」這話到現在，整整十年，鎮壓更厲害了，坦克輾過、機槍掃過，人民的鮮血奔流在大街上……。

當晚，在淡江校園的書卷廣場，面對數百位學生，我聲嘶力竭。

●

這一夜，一位從天安門離開不久的謝姓華僑，悄悄來到書卷廣場。幾天以後，在他住的飯店，我們細談有關大陸民主運動的種種情況，決定將他從北平帶出來的傳單彙輯成書，以做爲大陸一九八九年天

安門運動最真實的證言，並藉以哀悼爲民主而殉難的同胞。

以上所述，正是《哭喊自由》這本書的出版緣起。三個星期以來，我和文訊編輯部的同仁傾全力投入這本書的編輯工作。對我個人來說，整個的心情是從五月二日一直延續下來的，這時似乎有一種傷痛之後的力量在運作，日夜裏全都在這堆文件裏尋思，那粗糙的紙張正如同那個社會的體質；歪扭而模糊的字跡彷彿是紛紛躺下的屍軀；而那一字一句，就像是學生們哭喊著自由、哀吼著民主的聲浪……

把書命名爲「哭喊自由」，是受到我的朋友周志文教授的啓發，他曾寫過一篇同名的文章，當然我們也知道，這也是一部影片的名字，借用來表明學生爭民主自由的狀況最貼切不過了。

感謝華僑謝先生和詩人楊平的提供資料，淡江大學中研所的楊旻瑋和胡正之以及文訊同仁爲本書付出不少的心力，於此一併致謝。

文訊叢刊⑪

哭喊自由 天安門運動原始文件實錄

主　　編／李瑞騰
編　　輯／王燕玲・胡正之・高惠琳
孫小燕・封德屏・戴淑清
封面設計／劉　開
內頁完稿／詹淑美

發 行 人／蔣　震
出 版 者／文訊雜誌社
社　　址／臺北市林森北路七號
電　　話／(02)3930278・3946103
編 輯 部／臺北市復興南路一段127號三樓
電　　話／(02)7711171・7412384・7529186

總 經 銷／聯經出版事業公司
地　　址／臺北縣汐止鎮大同路一段367號三樓
電　　話／(02)6422029代表號
印　　刷／裕臺公司中華印刷廠
臺北縣新店市大坪林寶強路六號

定價140元(如有缺頁、破損・請寄回本社調換)
郵撥帳號第12106756號文訊雜誌社

中華民國七十八年七月初版
中華民國七十八年十月再版
行政院新聞局局版臺誌字第6584號

己的孩子。

燃了唤醒中国人民的火炬！普渐渐式的

责，正义感，人的尊严，不愿再被人愚

一起涌了出来，我第一次和同学们一起

和幻想彻底地崩溃了！你背弃了人民！

一天。

风去丰台了，我赶来送她上车。我想

换瞪了，不能让别人的孩子上前线；

真地爬上车的一瞬间，我又后悔了。我

啊！因为她是从我身边出发的啊！当我看

和那些与她同样年纪的同学们一起出发的

求平的愿望去捍卫它之际，一去捍卫刚出

啊！如果你真存在的话，那就睁开眼

那些充满青春活力、刚刚步入人生

同学、市民、外国的朋友时，我

6．22

动乱时，我也好挺身而出，保护一下我

我被天安门前悲壮的场面震撼了！这

开机群呼啸而来的时候，热血，热泪，

情等等，这一切在我的心中久已泯灭的

了愤怒的拳头。对当今政府最后一点点

我就站在外语学院的营垒旁，站了整

21日晚上局势紧急，女儿又要随学校

理解家长此刻的复杂心理，我已经不再

女儿拖下来，我强作镇静，来送她。同

做是否明智？万一出了事，我将来怎样

上纠察队的红布条，爬上卡车振臂一

，她好象突然长大了！他们将去拦截那

主阳光的北京。

我不信上帝，但此刻却在悲伤地祈祷

佑那些正直、勇敢、纯真无邪的孩子们

子们吧！

当我看到自动旗帜在西阿湾他们游行

帝其实是没有的，他们才是真正的上帝

人民与你们同在！